prussian blue

프러시안 블루

국립중앙도서관 출판예정도서목록(CIP)

프러시안 블루 = Prussian blue : 김대갑 소설집 / 지은이:
김대갑. — 대전 : 지혜 : 애지, 2018
  p. ; cm. — (지혜사랑 소설선)

ISBN 979-11-5728-306-4 03810 : ₩12000

한국 현대 소설[韓國現代小說]

813.7-KDC6
895.735-DDC23   CIP2018036462

prussian blue

프러시안 블루

김대갑 소설집

지혜

차례

오다야마 묘지

좁은 골목길 사이로 돌개바람이 휘몰아쳤다. 길을 가운 데 두고 낡은 집들이 위태롭게 서 있었다. 회색 시멘트 담 장에 거미줄처럼 퍼진 실금, 너덜거리는 합판 조각, 부서 진 유리창. 지붕은 깨진 슬레이트로 덮여 있고, 검은 더 께가 골 사이에 붙어 있었다. 길옆의 하수도는 바닥을 드 러낸 채 악취를 풍겼다. 일제 시절, 타가와 탄광 근처에 형성된 조선인 마을의 풍경과 닮은 곳이었다.

후유미는 연창마을의 골목길을 미화와 함께 힘겹게 올 라갔다. 붉은 놀이 서쪽 하늘을 물들였다. 그들은 스미레가 살았다는 집 앞에 도착했다. 주인 할머니가 "끌끌" 혀를 차며 알루미늄 새시 문을 열어 주었다. "끼이익—" 날카로운 금속성 소리가 싸늘하게 새어 나왔다. 작은 유골함을 목에 건 후유미는 안으로 들어섰다.

한 사람이 겨우 들어설 좁은 부엌. 검은 입을 벌린 채 초라하게 앉아 있는 작은 방. 후유미는 애써 담담한 표정을 지었다. 그녀는 스미레의 방 안으로 들어갔다. 방 안에는 사람들이 싸운 흔적이 보였다. 비닐 옷장과 앉은뱅이책상이 나동그라져 있었다. 누르무레한 장판은 군데군데 찢겨 있고, 아이보리색 벽지는 붉은 핏방울과 추루한 곰팡이를 머금고 있었다. 방 안을 둘러보던 후유미는 조심스레 책상으로 다가갔다. 엎어진 책꽂이가 하나 보였고, 그 앞에 작은 솟대가 있었다.

석양빛이 솟대의 새 머리에 희미하게 머물렀다. 후유미와 스미레가 조선학교 시절에 만들었던 조악한 솟대였다. 연약한 다리를 가진 새는 멀리 어딘가를 보고 있었다. '아마도 저 바다 건너 후쿠오카를 보고 있겠지.' 그녀는 솟대를 가만히 품에 안았다. '스미레.' 후유미의 입에서 낮은 소리가 흘러나왔다.

'쿨럭 쿨럭. 후……후유미야. 이것 좀 보렴.'

후유미가 기타규슈 중학교 졸업반이었을 때였다. 병색이 완연한 아버지가 그녀에게 조선학교 팸플릿을 내밀었다. 순간, 후유미는 소름이 돋았다. '말로만 듣던 조선학교에 입학하란 말인가?' 쿵 하는 소음이 후유미의 심장에 전해졌다. 붉은 피가 갑자기 활동을 멈추는 것 같았다.

팸플릿을 전해 준 아버지는 힘없이 자리에 누웠다. 후유미는 부엌에 있는 엄마에게 달려갔다. '조선학교에는 죽어도 안 가!' 여드름 꽃을 붉게 물들이며 후유미는 악을 써댔다. 엄마는 미동도 없이 설거지만 했다. 급기야 후유미가 울음을 터뜨리자 머리에 간쟈시를 꽂은 엄마가 천천히 돌아섰다.

하루코는 오십 대 초반의 전형적인 일본 주부였다. 눈매는 순박했고, 얼굴에는 주근깨가 엷게 앉아 있었다. 그녀는 후유미를 부엌에 딸린 방으로 데려갔다. '네 아버진 죽어가고 있어.' '그게 무슨 말이에요?' '간경화 말기란다.

곧 간암이 될지도 몰라.' '간암?' '후유미. 아버지의 마지막 소원이라고 생각하고 조선학교에 진학하렴.' '그……
그래도 싫어!' 후유미는 울부짖으며 방을 뛰쳐나갔다. 어느새 일어났는지 후유미의 아버지가 딸의 뒷모습을 멍한 시선으로 바라보았다. 원래 그의 고향은 한국의 경상도였지만 지금 그의 고향은 북조선이었다. 육체적인 고향과 정신적인 고향이 분리된 일본의 조선인들. 그도 그들 중의 하나였다.

결국, 후유미와 부모는 일종의 타협을 하게 되었다. 후유미가 조선학교로 진학하는 대신 졸업 후에는 그녀 스스로 진로를 정하기로 한 것이다. 일본인으로 귀화하든 조선인으로 남든 전적으로 후유미의 결정을 존중하기로 했다.

입학식이 열린 날이었다. 후유미는 조선학교가 생각보다 깨끗한 것에 놀랐다. 운동장도 제법 넓었고, 오층으로 된 붉은 벽돌 건물은 나름대로 운치가 있었다. 배정된 교실로 들어서니 산뜻한 의자와 책상이 눈에 띄었다. 칠판 위에는 두 사람의 사진이 나란히 걸려 있었다. 신문에서 가끔 보던 조선의 지도자들이었다.

담임인 이대운 선생은 고구마 넝쿨 같은 시선을 뻗어 아이들을 살펴보았다. 단정한 감색 양복에 각진 얼굴을 가진 사람이었다. 그는 좌석 배정을 하면서 키가 큰 스미레와 후유미를 맨 뒤에 앉혔다. 스미레는 아이들 가운데 유일하게 검은 치마에 흰 저고리를 입고 있었다. 첫눈에 보아도 조총련 활동가의 딸인 것처럼 보였다. 스미레의 엄마는 기타큐슈 조총련 여맹위원장이었다. 아버지는 조선에 있다고 했다. 후유미는 스미레를 힐끔 쳐다보았다. 평범하게 생긴 자신에 비해 상당히 예쁜 아이였다. '이 아이, 참 예쁘구나.' 스미레는 투명한 햇살이 비치는 산길에, 진한 보라색 꽃잎을 펼쳐놓은 한 떨기 제비꽃을 닮은 아이였다.

다음날 실시된 반투표에서 스미레는 부소조장으로 뽑혔다. 후유미와 스미레는 같은 무용 분조에 들어갔다. 그렇게 그들은 조선학교 고급반 생활을 시작했다.

'고쿠라 성의 벚꽃이 절정이야. 나랑 놀러 가지 않을래.'

입학하고 한 달이 지났다. 4월이었다. 집으로 걸어가던 후유미에게 스미레가 조심스레 다가왔다. 후유미는 뜻밖이었다. 스미레는 조총련 간부의 딸답게 학내 행사에 적극적으로 참여했다. 반면에 후유미의 관심사는 오로지 무용이었다. 아이돌스타를 쫓아다니고, 화려한 옷과 잘 생긴 남학생에게 관심을 가지는, 사춘기 소녀 후유미였다. 민족이니 조국이니 하는, 날 선 언어들은 그녀와 아무 상관이 없었다. 그동안 후유미는 스미레와 약간 거리를 두고 있었다. 사실, 후유미의 속내는 그녀와 가까워지고 싶었다. 스미레가 싫은 것이 아니라 그녀가 갖고 있는 배경이 싫었던 것이다. 후유미는 머뭇거리다가 고개를 끄덕였다.

에도시대에 만들어진 기타큐슈의 상징답게 고쿠라 성은 웅장했다. 일본인들은 나무 아래 자리를 잡아 절정으로 치달은 벚꽃을 바라보며 성찬을 즐겼다. 그녀들은 성문을 지나 정원 한가운데 있는 연못으로 다가갔다.

'후유미, 사실은 나도 조선학교가 싫어.'

스미레가 빠르면서도 낮게 속삭였다. 후유미는 눈을 동

그렇게 뜨며 그녀를 빤히 쳐다보았다. 스미레가 이런 말을 하다니!

'너……너는 그런 말 하면 안 되잖아.' '왜? 나 역시 일본에 살고 있는데.' '그건 맞지만……' '후유미. 내 부모님은 일본에서 살 수 있는 방법을 찾은 거야. 조총련 활동가는 그분들의 생존방식이었지. 조직에서 받는 월급으로 자식들을 키우셨어.'

후유미는 스미레가 무슨 말을 하는 건지 짐작이 갔다. 그녀는 스미레와 자신이 사회주의와 자본주의의 경계선을 위태롭게 걸어간다고 생각했다. 생활은 자본주의적이고 정신은 사회주의적인 아이. 일본인에게는 조센징으로, 한국인에게는 조총련 출신으로 취급받는 경계선의 아이. 스미레 또한 그런 그늘에서 벗어날 수 없었던 것이다.

삼 년의 시간이 흘러갔고, 어느새 졸업식이 열렸다. 그날은 아침부터 눈이 내렸다. 졸업식장 안에는 이별과 미래, 조국이란 단어가 날아다녔다. 후유미는 차가운 다다미에 누워있는 아버지를, 정원의 눈을 쓸고 있을 엄마를 생각했다. 봄이 되면 목란 꽃잎이 난분분하게 정원에 떨어질 것이다. 후유미는 자신을 얽어매던 칡넝쿨을 끊어버린 느낌이 들었다. 일본 속에서 조선을 배우던 모순이 비로소 사라진 것이다.

졸업식 후, 두 사람은 캐널 시티로 가서 라멘을 먹었고 잔잔하게 흐르는 운하를 말없이 내려다보았다. 어디선가 바람이 불어왔다. 그 바람에 실려 낙엽 하나가 물 위로 천천히 떨어졌다.

'자, 이젠 뭘 해야 하지?' 스미레가 장난스럽게 물었다. '뭘 하긴?' '나이트클럽 댄서로 취직해야지. 우린 무용수잖아.' '하하. 그 말이 맞네. 후유미. 도쿄에 가면 편지 매일 보내야 돼.' '너도 같이 가면 좋을 텐데.' '몇 년 후에 갈 거야. 동경의 조선대를 졸업해서 무용교사가 될 생각이야. 후쿠오카 가무단에서 활동하다 보면 기회가 올 거야.' '아버지를 만나러 조선으로 간다고?' '응. 일주일 정도.'

두 사람은 기타큐슈로 돌아가는 버스정류장으로 천천히 걸음을 옮겼다.

삼월의 첫 주였다. 무용 대학 입학을 앞두고 후유미는 들뜬 기분이었다. 귀화 신고는 오전에 이미 끝낸 상태였다. 그녀는 이제 외국인 등록증 없이 거리를 돌아다닐 수 있었고, 지문날인이라는 절차도 비껴가게 되었다. 아버지의 병세는 회복할 수 없는 상태로 접어들었다. 후유미는 우울했다. 홀로 남겨질 엄마가 걱정되었다. 만일 아버지가 돌아가신다면 엄마는 자연스레 동경으로 올라올 것이다.

오후에 스미레의 전화가 걸려왔다. '방금 조선에서 돌아왔어.' 니가타시에서 기타큐슈로 가는 차 안이라고 했다. 어딘가 목소리가 우울했다. '와카마쯔 해변으로 나올 수 있겠니?'

백사장에는 들숨과 날숨을 거듭했던 파도의 흔적이 묻어 있었다. 갈매기들이 끼룩거리며 바다 위를 날았다. 해변 끝자락의 한적한 어촌에는 굴 껍데기가 무덤처럼 쌓여 있었다. 스미레의 얼굴이 피곤해보였다. 그녀는 말없이 걷기만 했다. 두 사람은 어촌을 지나 작은 언덕으로 올라갔다. 화강석 탑처럼 생긴 일본인 묘지들이 보였다. 오다야마 묘지였다.

1945년 9월의 어느 날이라고 했다. 조선으로 귀환하기 위해 60명의 조선인들이 45톤의 작은 배를 탔다. 그날은 마쿠라자키 태풍이 일본열도로 와랑와랑 몰려오던 날이었다. 배는 나뭇잎처럼 연약했다. 결국 배는 침몰했고, 조선인들은 시체가 되어 와카마쯔 해변으로 되돌아왔다. 일본인들은 60구의 시체를 오다야마 묘지의 빈터에 겹겹이 묻었다고 했다. 화려하게 치장된 일인들의 묘 한구석에, 아무런 비석도 없이 그저 겹겹이 매장했을 뿐이었다. 그게 바로 오다야마 조선인 묘지였다.

'일본으로 돌아가면 이곳을 찾으라고 아버지가 말했어.' '스미레. 난 여기가 싫어.' '후유미. 네 마음을 모르는 건 아니야. 허나 인정해야 해. 우린 조선인이야.' '미안해 스미레. 이제 난 철저히 일본인이 될 거야.' '후유미. 넌 일본인이 되었지만 여기에 묻힌 우리의 1세들을 잊지는 말아 줘.'

스미레는 쓸쓸한 모습으로 아래로 내려갔다. '스미레에게 무슨 일이 있었던 걸까? 어쩌면 스미레는 조총련 간부의 딸인 자신의 처지를 새삼 깨달을 걸까? 난 아니야. 난 일본에서 태어났고, 일본인으로 살아갈 거야. 후유미는 천천히 스미레의 뒤를 따라갔다.

후유미는 동경의 무용대학에 입학했다. 교정의 봄빛은 눈부셨다. 그녀는 대학 분위기에 흠씬 빠져들었다. 후유미는 비로소 자신이 일본 사회의 일원이 되었다고 생각했다. 그러나 그게 아니었다. 우연히 그녀의 혈통을 알게 된 지도 교수는 어느 순간 후유미에게 거리감을 두었다. 최고 성적을 올리는 그녀에게 괜한 트집을 잡기도 했다. 지도 교수는 조선인이 일본인보다 우수하다는 것을 인정하기 싫어했다.

그녀가 조센징이라는 사실은 어느덧 입학 동기 사이에 퍼졌다. 그들은 감히 조센징 주제에 일등을 하다니, 혹은 그래봤자 조센징이라는 경멸을 은연중에 표시했다. 자연스레 후유미는 혼자가 되었고 그녀의 동경 생활은 외롭고 쓸쓸했다. 아무리 일본인으로 살아가도, 일본의 교육을 받아도 후유미는 조센징이었다. 왜, 하필, 자기가 조선인인지 후유미는 이해할 수 없었다. 그냥 평범한 일본인으로 태어났다면……. 후유미는 몇 번이나 기타큐슈로 돌아가고 싶었다. 하지만 그녀는 발레리나의 꿈을 포기할 수 없었다. 조선인으로 태어난 것은 그녀의 선택이 아니었다. 그런 후유미에게 위안을 주는 사람은 스미레였다.

후유미가 절망을 느낄 때마다 스미레는 성공해서 그들 앞에 당당히 서야 한다고 말했다. 조선과 조선인이 싫다고, 때론 너도 싫다고 투정을 부려도, 스미레는 그녀의 말을 모두 들어주었다. 만일 스미레의 위안이 없었다면, 동경의 긴 겨울밤과 일본인들의 차가운 시선을 그녀는 견딜 수 없었을 것이다.

스미레는 후쿠오카 조선 가무단의 무용수로서 이름을 날렸다. 일본 전역을 돌며 동포 1세들에게 위문 공연을 다녔다. 가끔 조선과 중국으로 가기도 했다. 연하늘색 한복이 무척 잘 어울리는 스미레였다. 몸은 떨어져 있었지만 두 사람은 거의 매일 편지를 주고받았다. 그렇게 그들은 이십 대의 첫 봄을 시작했다.

후유미가 이학년이 되었을 때였다. 아침부터 구름이 낮

게내려 앉아 후유미의 마음이 울적하던 날이었다. '후유미. 아버지가 돌아가셨다.' 엄마는 담담한 목소리로 아버지의 죽음을 알렸다. 후유미는 급히 기타큐슈로 내려갔다. 동포 2,3세들이 빈소를 가득 메우고 있었다. 스미레는 말없이 후유미의 손을 잡아주었다. 아버지의 유해는 당신의 소원대로 오다야마 묘지에 뿌려졌다.

삼 년 간의 힘겨운 동경 생활을 마친 후유미는 그리운 기타큐슈로 돌아가게 되었다. 봄을 지척에 둔 이월의 오후였다. 수목이 초록색을 조금씩 띠고 있었다. 엄마와 스미레가 하카타역으로 마중을 나왔다. 엄마는 후유미의 가방을 들었고, 스미레는 후유미를 포근하게 안아주었다. 후유미는 기뻤다. 스미레가 있는 기타큐슈로 돌아온 것이다!

두 사람은 캐널 시티의 술집에서 아사히 맥주를 마시며 밤새 수다를 떨었다. 별이 유난히 밝은 밤이었다. 은근히 취한 그녀들은 후유미의 집 근처, 작은 개천가로 걸음을 옮겼다. 가로등의 주황빛이 황토색 바닥을 발그레 물들이고 있었다.

'후유미, 고백할 것이 하나 있어.' '고백?' '사실 우리 부모님은 정식으로 이혼하셨어. 우리가 조선학교를 졸업하던 해에.' '그게 무슨 말이야? 이혼이라니?'

그녀의 아버지는 조선에서 젊은 여자를 만나 살림을 차렸다. 스미레의 엄마는 알면서도 용인할 수밖에 없었다. 스미레가 조선학교 중급반으로 올라가던 때, 아버지는 오빠를 데리고 만경봉호를 탔었다. 조일 국교가 정상화되면 다시 일본으로 오겠다고 약속했던 아버지였다. 국교정상화는 이십 년이 다 되도록 이루어지지 않았다.

'난 괜찮아. 이곳 일본에서 엄마와 단둘이 살면 돼.' 스미레는 얼굴을 떨어트렸다.' '그랬구나. 그날, 오다야마 묘지에서 본 너의 쓸쓸함이 바로 이것이었구나. 그런 아픔을 갖고 있으면서도 왜 나에게 내색조차 하지 않았니?'

스미레는 희미하게 웃었다. 후유미는 얼굴이 달아올랐다. 그녀는 스미레를 조용히 안았다. '그래, 우리의 모국은 두 개로 쪼개진 조선이구나. 왜 하필 우리는 조선인으로 태어났을까? 우리는 일본인도 조선인도 한국인도 아니야. 개천가 너머 울연한 숲속에서 삼나무 잎이 가뭇가

뭇 떨어졌다. 두 사람의 은빛 눈동자에서 맑은 물줄기가
흘러내렸다.

　두 달 후에 후유미는 동경의 발레단에 들어갈 예정이었
다. 스미레는 시모노세키로 공연을 떠났다. 그동안 후유
미는 오랜만에 엄마와 쇼핑을 하고 온천을 하면서 즐거운
시간을 보냈다. 기타큐슈의 집 안에만 있으면 모든 것이
평화로웠다. 집이라는 울타리 안에서는 일본과 한국이란
언어들이 떠오르지 않았다. 엄마는 일 년 후에 동경에 올
라올 생각이었다.
　'후유미, 의미 있는 행사가 하나 있어. 너에게도 도움
이 될 거야.'
　그녀가 오전 발레 연습을 끝내고 집으로 돌아왔을 때
였다. 수화기 너머 스미레의 정겨운 목소리가 들렸다.
'방금 돌아오는 길이야.' '고생했구나.' '후유미. 한국의
문화교류단이 조선학교에서 공연을 한다는구나. 함께 가
지 않을래?' 후유미는 잠시 망설였다. 조선학교가 그녀
에게는 아직도 낯설었다. 후유미는 머뭇거리다가 가겠다

고 약속했다.

　전교생과 선생님들이 강당에 모였다. 교류단은 황해도 해주의 봉산탈춤과 2인 무, 해금 연주를 선보였다. 그중에서 후유미는 해금 연주를 감명 깊게 들었다. 일본의 고큐와 비슷한 음색이었지만 소리의 깊이는 고큐보다 훨씬 더했다. 고큐가 경쾌하고 맑은 소리를 내는 악기라면, 해금은 장중하면서도 깊은 울림을 내는 악기였다.

　점심 식사 후에 교류단은 오다야마 묘지로 향했다. 두 사람도 함께 가게 되었다. 사람들은 연두색 울타리가 쳐진 공터 앞의 위령비에 모였다. 남자들이 기다란 나무를 세웠다. 솟대였다. 나무로 만든 새가 나무 끝에 앉아 있었다. 한국의 어느 항구도시를 바라본다고 했다. '솟대는 영혼의 그리움을 간직한 것이야.' 스미레가 후유미에게 속삭였다.

　솟대 세우기를 끝낸 방문단은 위령비 앞에 제사상을 차렸다. 상이 차려지는 동안 몇몇 여자들이 눈물을 흘렸다. 후유미가 한 번도 들어본 적이 없는 노래가 울려 퍼졌다. '엄마일 가는 길에 하얀 찔레꽃……' 애절하면서도 구슬

픈 곡조였다. '찔레꽃이라는 노래야.' 스미레가 낮게 이야
기했다. '장미꽃과는 사촌지간이지만 화려한 색깔도 매혹
적인 향기도 지니지 못하는 꽃이지. 한반도의 들과 산에
아무렇게나 피었다가 쓸쓸하게 지는 꽃이야.'

　　노래 가락이 잔잔히 흐르는 가운데 해금 소리가 솟대 주
변을 떠돌았다. 그 소리를 시작으로 사물연주단의 굿거
리장단이 진진하게 울렸다. 사람들 사이로 하얀 옷을 입
은 여자가 나타났다. 어제 강당에서 춤을 추던 무용수였
다. 갸름한 얼굴에 날씬한 몸매, 긴 생머리. 여자는 흰 저
고리에 무명 바지 차림이었다. 이십 대 후반쯤 되었을까?
소박하면서도 단아한 기운이 느껴졌다.

　　여인의 진혼무가 시작되었다. 여인은 엄마를 그리워하
는 아이의 표정으로, 고향을 그리워하는 순박한 노인의
표정으로 춤을 추었다. 조선인들이 묻힌 빈터에 여인이
맨발로 다가갔다. 후유미는 끊어질 듯 하다가도 힘차게
이어지는 몸짓에 서서히 전율을 느꼈다. '시작과 맺음이
분명한 춤사위야. 연결 동작이 너무 부드러워.' 후유미는
진혼무에 깊게 **빠져들었다**. 그건 후유미가 여태 경험하

지 못한 문화적 충격이었다. 그녀의 심장을 후벼 파는 영혼의 울림이었다.

돌아가는 버스 안에서 후유미는 그 무용수와 같은 자리에 앉았다. '저도 진혼무를 배울 수 있을까요?' '미화'라는 그 무용수는 반가운 표정을 지었다. '그럼, 조선학교에 나와요. 한 달 정도 일본에 머물면서 무용반 아이들에게 춤을 전수할 거예요.' 후유미는 기뻤다. 그러나 한편으론 다소 불편한 감정을 숨길 수 없었다. 미화의 나라한국에서는 조총련 출신과 만나는 것이 일종의 금기라는 것을 들었기 때문이었다. 후유미는 창밖을 바라보며 복잡한 심경을 달랬다. 서서히 날이 어두워졌다. 낮은 목조주택들이 스치듯이 지나갔다. 옥색구름이 정처 없이 하늘가를 맴돌았다.

다음날부터 후유미는 틈을 내서 미화에게 진혼무를 배웠다. 미화는 때론 친절하게, 때론 혹독하게 춤을 가르쳤다. 멀리 공연을 다니던 스미레도 기타큐슈로 돌아올 때마다 찾아와 진혼무을 배웠다. '너희들은 타고난 춤꾼이야. 이렇게 빨리 배우다니.' 미화는 그녀들을 칭찬했다.

'그 언젠가 너희들과 함께 무대에 서고 싶어.' '정말 그랬으면 좋겠어요.' 그녀들은 동시에 웃으며 화답했다. 세 사람은 같은 무용수로서 유대감을 느꼈다. 어쩔 때는 해금 연주에 맞춰 밤새도록 춤을 추기도 했다.

'진혼무는 한이 맺혀 죽은 사람을 위로하는 춤이야.' 미화는 종종 '한'이라는 말을 강조했다. '한?' 일본어로는 '우라'였다. 후유미와 스미레는 '한'의 정확한 의미를 몰랐지만 어렴풋이 무언인가 알 수 있었다. 후유미는 진혼무를 배우면서 가슴속에 아련히 번져오는 것을 느낄 수 있었다. '나의 할아버지도, 아버지도 이런 한을 가졌던 걸까?'

미화와 함께 보낸 한 달이 지나갔다. 후유미와 스미레는 하카다항에서 미화를 배웅했다. '둘 다 한국에 꼭 왔으면 좋겠어. 세 사람이 무대에서 춤을 추면 얼마나 좋을까?' '언젠가 한국에 갈게요.' 스미레는 미화의 손을 잡았다. '언니, 잘 가요. 고마웠어요.' 후유미는 미화와 포옹하며 아쉬움을 달랬다.

다시 벚꽃이 만개하는 사월이 되었다. 후유미는 하카타 역에서 스미레와 작별 인사를 나누었다. 후유미는 동경의 발레단원으로 새 출발을 시작하게 되었다. '편지 자주 해, 후유미.' '너와 헤어지는 것이 너무 아쉬워.' '동경에도 공연하러 종종 갈 거야. 그때마다 연락할 게.' 두 사람은 서로의 눈동자를 오래도록 쳐다보았다.

발레단에 갓 들어간 후유미는 연수과정을 따라가느라 정신없이 바빴다. 다시 외롭고 힘든 동경 생활이 시작되었다. 가끔 스미레가 동경에 올라왔고, 그때마다 두 사람은 밤새도록 수다를 떨었다. 두 사람은 거의 매일 이메일을 주고받았다. 스미레는 아무리 먼 곳으로 공연을 가도 이메일을 보냈다. 후유미는 하숙집에 오자마자 컴퓨터를 켜서 스미레의 이메일을 확인하는 버릇이 생겼다.

차츰 이상한 일이 벌어졌다. 매일 오던 스미레의 편지가 일주일 단위로 오더니 곧이어 한 달 단위로 오기 시작했고, 어느 순간 오지 않는 것이었다. 후유미는 스미레가 바빠서 그러려니 생각했다. 그러나 거의 넉 달 정도 이메일이 오지 않자 후유미는 몹시 불안했다. 스미레의 집에 전화를 걸어도 받지 않았다. 겨울이 시작되면 후유미는 기타큐슈로 돌아갈 것이다. '스미레에게 무슨 일이 벌어진 걸까?' 후유미는 당장이라도 기타큐슈로 가고 싶었다. 발레단의 꽉 짜인 스케줄만 없다면 그녀는 벌써 기타큐슈로 내려갔을 것이다.

기다리던 겨울이 왔다. 후유미는 연수 과정을 끝내고 기타큐슈로 내려갔다. 크리스마스가 다가오고 있었다. 하카타역에 도착한 후유미는 스미레의 집에 찾아갔다. 그녀의 집은 텅 비어 있었다. 이상한 기분에 후유미는 조선학교에 갔다. 교무실은 썰렁했다. 이대운 선생 혼자 자리를 지키고 있었다. '후유미!' 선생은 그녀에게 반가운 표정을 짓다가 이내 어두워졌다. '선생님, 스미레가 어디로 간 거죠?' '많은 사건이 있었단다.' 깊은 한숨을 내쉬며 선생은 어렵사리 말문을 열었다.

'스미레에겐 외삼촌이 한 명 있었지.'

'저도 알아요. 류코라는 이름을 가진.'

'몇 년 전, 그는 북한의 수산물을 한국에 수출하는 무역회사를 만들었지.'

‘얼핏 들은 것 같아요.’

‘류코는 스미레의 엄마를 통해 조총련 지부에 공동사업을 제안했어.’

‘공동사업요?’

‘마침 지부는 조선학교를 이전하기 위해 동포들에게 돈을 모금했어. 부족한 돈은 엔화를 대출했지. 싼 이자로 엔화가 풀리던 시절이었어. 그래도 돈이 모자라서 적당한 수익원을 찾던 중이었어.’

‘그래서요?’

‘지부는 그 돈을 그의 무역회사에 투자했지. 처음, 사업은 순조롭게 진행되었어.’

후유미는 마른침을 삼켰다. 엄청난 이야기가 나올 것 같았다.

‘올해 초부터 일본 경제의 거품이 꺼지면서 문제가 생겼어. 은행이 엔화 대출을 회수하면서 지부도 류코에게 투자금을 돌려달라고 했어.’

이대운 선생은 담배를 꺼내 들었다.

‘당시 류코는 곤경에 처해 있었지. 수입업자에게 사기

를 당해 돈을 날렸어. 류코는 수입업자를 찾겠다며 한국으로 갔어. 다급해진 지부장은 스미레 엄마를 닦달했지.'

차츰 선생의 얼굴이 일그러져 갔다.

'곧 있으면 조총련 중앙의 정기 감사가 시작될 예정이었어. 지부장은 그전에 동포들의 피땀이 서린 돈을 돌려받아야 했어.'

'그게 스미레 엄마와 무슨 관련이 있죠?'

'투자금이 엄마의 통장을 통해 외삼촌에게 전달되었거든. 지부장은 망실로 처리해서 정식으로 보고하자는 엄마의 건의를 묵살했어. 도리어 모든 책임을 지라고 모욕을 주었지.'

후유미는 가슴이 서늘해졌다. 이대운 선생의 손끝이 떨렸다.

'지부장은 심지어 엄마가 횡령했다고 의심했어. 엄마는 심한 자괴감에 시달렸지. 한평생 조총련을 위해 일했는데 횡령범으로 몰아붙이니 굴욕감을 느낀 거야.'

한동안 그는 입을 열지 않고 담배만 내리 세 대를 피웠다.

'결국, 스미레 엄마의 선택은 하나밖에 없었지.'

스미레의 연락을 받은 선생은 한달음에 달려갔다. 그녀의 엄마는 좁은 안방에서 목을 매었다. 스미레가 오사카에서 공연을 마치고 기타큐슈로 돌아오던 날이었다. 감청색 유리창을 통과한 햇살이 엄마의 몸 위로 쏟아지고 있었다. 스미레가 후유미에게 연락을 끊었던 시점이었다.

'스미레는 외삼촌을 찾겠다며 한국으로 떠났어. 이건 스미레가 석 달 전에 보낸 마지막 이메일이야.'

이대운 선생은 A4용지를 내밀었다. 후유미는 떨리는 손으로 편지를 읽었다.

'선생님. 전 외삼촌을 찾았어요. 항구 도시의 빈민굴에 숨어 있더군요. 외삼촌은 폐인이 되어 있었어요. 전 망연자실했지만 일단 외삼촌을 병원에 데려갔어요. 일주일 정도 입원한 외삼촌은 돌아가셨어요. 엄마가 간절히 원하던, 동포들의 피와 땀이 밴 돈은 한 푼도 남기지 않은 채 말이에요. 선생님, 전 어떡하죠? 이제는 일본에 돌아갈 수 없게 되었어요. 체류 비자는 시한을 넘겼고 저에겐 돈도 거의 없어요. 이곳이 너무 낯설군요. 선생님이 보고

싶고 후유미가 너무 그리워요.'

편지를 다 읽은 후유미는 가슴이 아렸다. 단어 하나하나, 문장 한 구절 한 구절에 스미레의 외로움이 배어 있었다. 스미레의 언어들은 이슬에 젖은 풀숲을, 어둠이 내린 들판을 유령처럼 헤매고 있었다.

이대운 선생은 쪽지 하나를 내밀었다.

'후유미. 네가 한국으로 가서 스미레를 찾아보거라. 이건 내가 알아낸 인터넷 주소야. 한국의 통신회사에 문의하면 스미레의 접속 장소를 알 수 있을 거야.'

학교를 나온 후유미는 멍한 기분으로 시내로 걸어갔다. 조금씩 싸락눈이 내렸다. 라멘 집들이 하나둘 불을 밝혔다. 다정한 연인들은 팔짱을 낀 채 돌아다녔다. 후유미는 스미레와 함께 크리스마스를 보낸 밤을 떠올렸다. 한국에도 눈이 내릴까? 후유미는 한국으로 가고 싶었다. 막연했다. 아직 한 번도 가보지 못한 한국이 두려웠다. 그때 후유미는 미화를 떠올렸다. 미화의 선한 눈매가 눈앞에 어른거렸다.

배에서 내린 후유미는 어깨를 움츠렸다. 한국의 겨울은 일본보다 훨씬 추웠다. 국제여객선 대합실에 들어서자 양 볼이 달아올랐다. 후유미를 발견한 미화가 저 멀리서 다가왔다. 친근한 미소가 그녀의 얼굴에 맺혀 있었다. 언제 봐도 이목구비가 뚜렷한 여자였다. 두 사람은 반갑게 손을 잡았다.

미화는 대학교 옆의 원룸에 살고 있었다. 근처에 자신이 속한 극단이 있다고 했다. 미화는 후유미에게 소박한 저녁을 차려준 후, 대본 하나를 내밀었다. 제목은 오다야마 묘지의 진혼무였다.

'후유미. 이 대본은 내가 일본에 있는 동안 구상한 거야. 곧 있으면 우리 극단에서 연극을 할 거야. 너희들과 무대에서 함께 춤을 추고 싶었는데……. 내일부터 스미레를 찾아보자. 분명 찾을 수 있을 거야.'

이틀 후, 미화는 통신회사에 근무하는 친구의 도움으로 스미레의 접속 지점을 알아냈다. 유흥가의 어느 피시방이었다. 후유미에게 실낱같은 희망이 생겼다. 스미레를 당장이라도 만날 것 같았다. 그들은 급히 그곳으로 향했다.

'이 아가씨를 찾는다고?' 건달기가 농후한 피시방 주인은 두 여자를 음탕한 눈길로 훑어보았다. '여기에 자주 왔지. 요 옆 나이트클럽으로 가 보소. 댄서로 일한다던데.' 후유미는 혼란스러웠다. 스미레가 한국에 와서 유흥가의 댄서가 되었다는 사실이 믿기지 않았다.

그들은 클럽으로 걸음을 옮겼다. 입구의 웨이터에게 용건을 이야기하자 웨이터는 무전기로 누군가를 호출했다. 스미레와 친했다는 여자 무용수가 나타났다. 짙은 화장에 긴 생머리를 가진 여자였다. 몹시 추운지 두터운 외투로 반라의 몸을 가리고 있었다. 미화가 사진을 보여주자 여자는 근심스러운 표정으로 대답했다.

'이 애 이름이 스미레였군요. 안 그래도 걱정했는데.'

미화는 여자에게 몇 푼의 팁을 건넸다. 여자는 어색하게 웃으며 주머니에 넣었다. '세상에 그렇게 악착같은 애는 처음 봤어요.' '그게 무슨 말이죠?' '스미레는 인기 댄서였어요. 당연히 팁도 많이 받았죠. 얼마나 돈을 모으던지. 끼니도 주로 라면이나 김밥만 먹더라고요. 돈 쓰는 것을 못 봤죠.'

여자는 스미레가 삼일 째 안 나왔다고 했다. 영업부장 김팔봉도 비슷한 시기에 사라져서 이상하다는 이야기도 했다.

'완전 양아치 새끼예요. 그 새끼는 틈만 나면 스미레에게 집적댔어요. 스미레가 돈을 모은다는 것을 알고 심심찮게 돈도 뜯었어요. 함부로 몸을 만지기도 했죠.'

'스미레가 사는 곳을 모르세요?' '산동네라고 하던데 어딘지는 몰라요.'

후유미는 허탈했다. 혹시나 하는 기대감이 무너졌다. 스미레가 한국의 유흥가에서 일했다는 사실이 너무 가슴 아팠다. '그래 클럽에서 춤을 팔면서 그 돈을 모으려고 했니? 세상에 그렇게 어리석은 일이 어디 있어?' 후유미는 속으로 울부짖으며 스미레를 원망했다. 미화는 연락처를 여자에게 건네며 스미레가 돌아오면 알려달라고 했다.

그녀들은 일본 영사관으로 찾아갔다. 영사관 직원은 조센징 여자를 왜 여기에서 찾느냐며 귀찮다는 태도였다. 허탕 친 후유미는 한국 경찰에도 연락했지만 소용없었다. 그들은 의례적인 것만 물어볼 뿐이었다. 후유미는 절망했다.

한국에 온 지 벌써 일주일이 흘렀다. 그녀는 초조했다. 동경의 발레단으로 돌아갈 시간이 다가왔다. 이번에 스미레를 찾지 못하고 돌아간다면 한국에 다시 오기 힘들었다. 발레단의 공연 스케줄이 잡혀 있었던 것이다. 후유미는 일단 동경으로 돌아가기로 했다. 미화는 자신이 찾아볼 테니 걱정마라고 했다. 그녀는 미화에게 못내 미안했다.

한 달이 다 되도록 스미레는 발견되지 않았다. 발레단의 첫 공연을 앞두고 늦은 시간까지 연습하던 후유미였다. 미화와 간간이 연락을 주고받으며 스미레의 소재를 찾았지만 스미레는 증발돼 버렸다. 그녀는 서서히 '포기'라는 단어를 떠올렸다.

'후유미. 빨리 한국으로 와. 연락이 왔어.'

아침부터 잔뜩 찌푸린 날이었다. 저녁 늦게 하숙집으로 돌아온 후유미가 혹시나 하는 기대감으로 이메일을 뒤지던 때였다. 다급한 목소리로 미화가 전화를 걸어왔다. 몹시 흥분된 목소리였다. 후유미는 어딘가 불안했다. 무

슨 큰일이 날 것 같았다. 다음날, 그녀는 한국행 쾌속선
에 몸을 실었다.

'이 아가씨를 아세요?'

그녀들이 클럽 입구에 도착하니 낯선 사내가 불쑥 사진
을 내밀었다. 그 옆에는 여자 무용수가 있었다.

'저는 경찰입니다. 확인할 게 있어요.'

미화는 사내와 한참 동안 이야기했다. 분위기가 이상했
다. 미화가 놀란 표정을 지었던 것이다. 잠시 후, 그녀들
은 경찰차를 타고 병원의 지하실에 도착했다. 음습한 기
운이 몰려오는 곳이었다. 후유미는 이게 무슨 일인가를
생각했다. 혹시? 그녀는 고개를 세차게 흔들었다. 의자에
앉아 있는 후유미에게 미화가 커피를 가져왔다.

'후유미. 내 말 잘 들어.'

미화는 어두운 표정으로 말문을 열었다. 얼핏 미화의
눈에서 눈물이 비쳤다. 미화의 말을 듣던 후유미의 얼굴
에 서서히 경련이 일기 시작했다. 그녀는 귀에서 환청이
들려오는 착각을 느꼈다. 후유미의 고개가 가슴께로 툭
떨어졌다. 너무 놀라 심장이 피돌기를 멈추는 것 같았다.

잠시 후, 경찰이 그녀들에게 어느 방으로 들어오라고 했다. 미화가 후유미를 일으켰고 두 사람은 손을 꼭 잡은 채 시체 안치실로 들어갔다. 하얀 시트 아래 스미레가 누워 있었다. 얼굴이 부패하고 살이 뭉개졌지만 후유미는 한눈에 스미레를 알아보았다. 스미레가 입고 있는 옷은 후유미가 선물한 것이었다. 그녀가 눈을 동그랗게 뜬 채 마른 침을 삼키는 동안 경찰이 설명했다.

'시체는 연창 마을 뒷산에서 발견되었습니다. 강도 강간 사건의 피의자인 김팔봉의 여죄를 심문하던 과정에서 자백을 받은 거죠. 김팔봉은 스미레를 강간한 후 돈을 들고 달아나려 했습니다. 그런데 스미레가 등을 부엌칼로 찔렀다더군요. 흥분한 김팔봉은 스미레를 목 졸라 살해했고 뒷산에 묻은 거죠.'

후유미는 어안이 벙벙했다. 도무지 있을 수 없는 일이라며 머리를 저었다. 모교에서 후배들을 가르치고 싶다던 스미레였다. 흰 저고리와 검은 치마를 입고 나비같이 나풀거리던 스미레였다. 조선과 일본, 한국에서 모두 버림받은 스미레. 후유미는 울부짖었다. '너의 잘못은 하나도 없어.' 후유미의 안타까운 비명은 허공을 오래도록 맴돌았다.

오다야마 묘지의 응달에는 눈이 수북하게 쌓여 있었다. 미화가 작은 유골함을 품에 안은 채 걸어갔다. 소복 차림의 후유미가 그 뒤를 조용히 따르고 있었다. 네 시간 전, 그들은 부산을 출발해서 이곳 오다야마 묘지에 도착했다. 연창마을에서 노제를 지낸 다음이었다. 위령비 앞에 선 그들은 간단한 음식을 차린 후, 조용히 절을 했다. 후유미는 한쪽에 세워진 솟대들 사이에 스미레의 작은 솟대를 놓았다.

후유미는 맨발 차림으로 공터 안으로 들어가 진혼무를 추었다. 미화는 그녀의 주변을 돌며 백설기처럼 하얀 가루를 풀밭 위로 뿌렸다. 순백의 가루가 공터 여기저기로 흩어졌다. 어디선가 해금 소리가 들려왔다. 또 어디선가 찔레꽃 노래가 울려 퍼졌다. 낮은 북소리가 공터를 맴돌았고 저음의 징 소리가 풀잎 사이로 굴러갔다. 후유미는 미친 듯이 몸을 회전시켰다. 움찔. 뭔가가 그녀의 발바닥을 찔렀다. 그녀는 아픔도 잊은 채, 무릎을 땅에 붙이고 두 팔을 하늘로 올리며 활처럼 몸을 꺾었다.

진혼무를 마친 후유미는 눈을 들어 솟대를 쳐다보았다. 솟대 위에 앉아 있는 새가 날아가고 있었다. 스미레가, 스미레의 엄마가, 후유미의 아버지가 그 새가 되어 날아가고 있었다. 후유미는 하늘을 쳐다보며 읊조렸다. '스미레, 우린 언제쯤 우리만의 조국을 가지게 될까? 일본도, 조선도, 한국도 아닌 우리만의 나라를.' 회색빛 하늘에 까마귀 한 마리가 낮게 날아다녔다.

그 몇 달 후, 후쿠오카 조선학원은 신입생을 맞이했다. 교장선생은 새로 온 무용교사 후유미를 학생들에게 소개했다. 후유미는 교실로 들어온 신입생들을 미소로 맞이했다. 아이들 중에 유일하게 흰 저고리와 검은 치마를 입은 여학생이 하나 있었다. 하얀 피부를 가진, 제비꽃처럼 예쁜 아이였다. 후유미는 조용히 그 아이 곁으로 다가갔다. 제비꽃 향기가 흘러나왔다.

농다리

기이한 광경이다. 자오선의 중앙에 자리 잡은 태양이 날카로운 빛살을 뿌려대는 칠월의 한낮. 그 뜨거운 태양 아래 흰 무명옷을 입은 노인이 똥바가지를 든 채 모래밭에서 헐떡대고 있다. 똥이 묻은 윗옷은 늑대가 물어뜯은 듯 갈기갈기 찢어졌고 바지 역시 찢겨 나가 노인의 속옷이 다 보일 지경이었다. 누런 똥물로 범벅이 된 노인의 얼굴은 기괴하다 못해 슬픈 표정이다. 모래밭 옆의 사포천이 초록색 물빛을 머금은 채 유유히 흐른다. 그 위에 돌로 만든 다리 하나가 보인다. 붉은색이 약간 감도는 자연석으로 만든 다리는 S자 모양으로 사포천 위에 뻗어 있다.

농다리 입구의 모래밭에는 누런 똥물이 께적지근하게 널려 있다. 우 노인이 마구발방으로 날뛴 흔적이다. 포클레인 기사는 멀찍이서 욕설을 퍼붓고 있고, 똥 세례를 받은 일꾼들은 사포천에서 몸을 씻고 있다. 두툼한 몸집의 윤 기사도 똥물이 튕긴 작업복을 벗어던진 채 그늘에 불쾌한 표정으로 앉아 있다. 구부슴하게 허리를 숙인 우 노인이 연신 숨을 몰아쉰다. 움푹 팬 볼과 갱핏한 몸매가 보기에 안쓰럽다. 농다리 주변의 평화로운 풍경과 전혀 어울리지 않는 이런 모습을, 글쎄 그로테스크하다고 해야 하나. 나는 쓴웃음을 띠며 노인을 내려다보았다.

노인은 고개를 번쩍 들어 나와 강 회장, 감독관을 노려본다. 언덕 풀밭에 서 있던 나와 다른 사람들은 모두 그 눈길을 피한다. 태양은 여전히 홧홧거리고, 멀리 농다리 너머 진 고개 쪽에서 산들바람이 불어온다.

"모두, 마을회관으로 가세!"

강 회장은 역정 난 목소리를 내며 홱 돌아선다. 아직도 그들의 코에는 구리한 오물 냄새가 걸려 있다. 농다리 보수는 처음부터 난관에 부딪힌다.

소식을 들었는지 강 씨 일족이 회관 앞에서 머쓱한 표정으로 일행을 맞이한다. 강 회장은 그들을 노려보다가 안으로 쑥 들어간다. 마루에 하나 둘씩 자리를 잡으니 창문을 통해 들어온 햇살이 그들의 얼굴 위로 번진다. 회관 안에는 끈적하고 탁한 공기가 농밀하게 흐른다. 회장은 나를 쳐다보며 짜증스러운 목소리로 말한다.

"정 소장, 내일 다시 장비 투입해!"

"먼저 우 노인 문제를 해결해야……"

내가 머뭇거리며 말하자, 강 회장은 '끙'하며 인상을 구긴다. 그의 얼굴은 수시로 붉으락푸르락한다. 그러나 그뿐이다. 며칠 전만 해도 큰소리를 치던 모습은 온데 간데 없다. 욕만 내 뱉을 뿐, 어떻게 해결하겠다는 말을 하지 않는다. 그건 마을 사람들도 마찬가지이다. 이상한 분위기가 실내에 감돈다. 분명 우 노인을 성토해야 하는데 그들은 아무 말도 하지 않는다. 나는 답답하고 짜증이 난다. '말더듬이 노인 하나 어쩌지 못한단 말인가?' 발딱 일어선 나는 회관 밖으로 나와 버린다. 비슷한 연배의 감독관도 눈치를 보며 내 뒤를 따라온다. 째진 눈에 하관이 빠른 감독관은 어색하게 웃으며 나에게 담배를 권한다.

삼일 전, 명천 대교 감독관이 전화를 걸어왔다. 구봉 마을에 천년 된 다리가 있는 데 기둥 복구공사를 실비로 해달라고 했다. 자신의 친척이자 마을 유지인 강 회장이 공사를 해달라고 난리를 친다는 것이었다.

'젠장! 대교 보수공사도 벅찬데!'

전화를 끊은 나는 담배 연기를 길게 내뿜었다.

'빨리 이놈의 현장을 떠나야지, 원.'

한 달 후면 보수 공사는 마무리될 것이다. 난 명천교 현장을 끝으로 그토록 원하던 본사 근무를 할 예정이었다. 공사 원가를 절감하면 승진도 따 놓은 당상이었다. 뇌꼴스럽지만 난 감독관의 요구를 들어줘야 했다. 놈을 잘 구슬리면 공사 원가를 줄일 수 있었다. 난 놈의 왈왈거리는 말을 되새기다 얼핏 천년이란 말을 떠올렸다. '농다리? 이름 한 번 희한하군.' 나는 약간 흥미를 느꼈다. '접착제 없이 메쌓기 기법으로 했단 말인데, 그렇게 만든 다리가 천년을 버텨? 대단하군.' 그러나 천년이든 뭐든 일단 난 귀찮았다.

그날 한 시경, 마뜩잖은 기분으로 이십분 정도 운전해서 농다리에 도착했다. 그들은 풀밭에서 사포천을 보고 있었다. 나를 발견한 감독관은 회장에게 나를 인사시켰다. 회색 양복에 백구두를 신은, 전형적인 시골 유지 모양새였다. 중키에 배가 나오고 두툼하게 살찐 얼굴에 개기름이 흐르는 것이, 다소 교만하게 보이는 치였다. 그는 반말 투로 거만을 떨며 마을 발전 회장이라는 명함을 내밀었다.

'저 다리는 고려 시대부터 양반이었던 우리 조상이 만든 거여.'

회장은 다리를 가리키며 자랑스러운 표정을 지었다. 지루한 말을 계속하던 그는 장마가 오기 전에 농다리를 복구해야 한다고 말했다.

농다리는 구봉마을과 진 고개 사이에 설치된, 백 미터 정도 되는 다리였다. 고구마처럼 길쭉한 장대석이 연속해서 놓여 있고, 그 밑으로 스무 개의 기둥이 박혀 있었다. 다리 폭은 거의 이미터에 기둥 높이는 일 미터였다. 원래 스물세 개의 기둥이 있었는데, 폭우로 기둥 세 개가 유실되었다고 했다. 그런데 내 눈에 이상한 풍경이 들어왔다. 다리 입구에 짓다만 기둥 세 개가 있었던 것이다.

'저 기둥은 뭡니까?'

순간, 강 회장은 일그러진 표정으로 뜸을 들이더니 톡 쏘아붙였다.

'그냥 철거하면 돼.'

'미친 영감쟁이가 별 짓을 다 해.'

옆에 선 감독관이 끼어들었다. 강 회장이 노려보자 그는 얼른 고개를 숙였다.

십 년 전에 기둥 세 개가 무너졌다고 했다. 그 다음 해 마을에서 기둥을 보수했지만 장마철에 그만 허물어져 버렸다. 마을 사람들은 임시로 경사진 황톳길을 만들어서 기존 기둥과 연결했다. 나중에 기둥 보수를 대비해서 약간 비켜서서 설치했다. 그 길도 장마철만 되면 강물에 휩쓸렸다. 강 씨 일족은 농다리를 관광자원으로 만들 계획을 갖고 있었다. 그들은 하루속히 농다리를 복구하고 싶었다. 장마철이 끝나면 농다리 축제가 계획되어 있었다. 고민하던 그들은 결국 강 회장의 의견에 따라 콘크리트 기둥을 만들기로 결정했다.

강 회장은 콘크리트로 기둥을 만든 후에 자연석으로 그 것을 감싸는 방법을 주문했다. 겉모양만 그럴싸하게 만 들겠다는 심산이었다. 난 잘 됐다고 생각했다. 콘크리트 는 명천교 보수 공사를 하면서 얼마든지 구할 수 있었다.

'우 노인이 문젠데……'

그는 눈을 가늘게 뜨며 읊조렸다. 육십 대 초반인 회장 은 어딘가 야심이 있는 것처럼 보였다. 내년에 무슨 선거 가 있다던가. 그에게는 농다리 주변에 사는 촌민들의 칭 송이 필요한 듯했다. 무너진 다리를 내가 해결했다는 업 적. 그래서 벼슬을 달고 싶은 욕망. 난 그의 속 보이는 태 도가 가소로웠다.

'일단 준비해. 우 노인은 내가 해결할 테니.'

난 '바로 측량하겠다'고 말했다. 그들은 '수고해요'라고 말한 후 자리를 떴다. 농다리를 내려다 본 나는 약간 떨 떠름했다. 강 회장은 발전이라는 명목하에 자연친화적인 옛 다리를 훼손하고자 했다. 콘크리트는 철저히 인공적인 자재였다. 그런 자재를 천년 된 돌다리에 사용하는 것이 어째 내키지 않았다. 한편으론 나와 무슨 상관이냔 생각도 들었다. 공사 내용도 별거 아니었고 열흘 정도면 해치울 수 있었다. '천년의 다리든, 자연과 어우러진 다리든 그게 어쨌단 말이야. 그저 빨리해주고 철수하는 것이 상책이야.' 나는 우 노인이란 사람이 궁금했다. 그들의 말을 종합하면 우 노인 혼자서 옛 방식대로 기둥을 짓고 있는 모양이었다.

전화로 윤 기사를 호출한 다음, 나는 농다리 주변을 세밀히 관찰했다. 휘우듬하게 꺾인 다리 밑으로 사포천이 잔잔하게 흐르고 있었다. 기둥에 부딪치는 물살에서 흰 거품이 일었다. 간혹 백로가 다리 위를 날아갈 뿐 지나칠 정도로 유적한 곳이었다. 다소 신비롭다는 느낌이 들었다. 분명 처음 본 다리인데도 어딘가 낯설지 않았다.

어디에서 나타났는지 기둥 주변에 누군가 움직이고 있었다. 바로 문제의 우 노인이었다. 그는 기둥 위에 큰 돌을 올리고 있는 중이었다. 기둥 세 개는 비슷한 높이였다.

노인은 가끔 나무 삼각자와 다림추를 이용하여 수직과 수평을 보았다. 난 슬며시 비웃음이 나왔다. 광파기 같은 현대 장비에 비해 지극히 원시적인 것이었다.

윤 기사가 도착하자 난 그를 데리고 농다리로 다가갔다. 약간 멀리서 보니 기둥이 허술해 보였다. 큰 돌로만 쌓여져 있어 틈이 많이 벌어져 있었다. 기존 기둥은 큰 돌 사이에 작은 돌이 견고하게 맞물려 있어 보기에도 튼튼했다. '노인이 헛수고하는군. 조잡하게 세운 기둥이 얼마나 버틴다고.' 난 가소로웠다. 윤 기사가 박스에서 광파기를 꺼냈다.

우리를 발견한 노인이 서서히 다가왔다. 난 그를 흘끔 쳐다보았다. 육십 대 후반으로 보이는 그는 우중충한 표정이었고 키가 무척 작았다. 오종종한 얼굴은 태양빛에 그을렸고 양손의 피부는 갈라져 있었다. 윤 기사가 포스트를 들고 다리로 올라갔다. 그가 밟고 올라간 돌 주변에 촉각을 곤두세운 달팽이들이 유유자적 기어가고 있었다.

난 광파기의 망원렌즈를 움직이며 포스트에 초점을 맞추었다. 갑자기 서늘한 기운이 느껴져서 뒤를 돌아보았다. 가슴이 철렁 내려앉았다. 햇빛을 등진 우 노인이 무서운 표정으로 나를 보고 있었던 것이다. 노인은 잠시 노려보더니 들고 있던 나무 삼각자를 마구 휘둘렀다. 뭐라 대꾸할 새도 없었다.

'왜……왜 이러십니까? 영감님.'

'가……강회장이 보……보냈?.'

노인은 무척 말을 더듬었다. 뭐라고 웅얼거리다가 괴성을 지르며 더 심하게 달려들었다. 결국 우리는 장비를 챙겨서 풀밭 언덕으로 올라갔다. 그는 더 이상 쫓아오지 않았다. 모래밭에 선 노인은 씩씩거리며 우리를 한참이나 쏘아보았다. 그의 눈길을 피하며 나는 담배를 피웠다. 우 노인은 손을 휘휘 젓더니 원래 자리로 돌아가 하던 일을 반복했다.

노인은 겉보기와 달리 상당한 힘과 기술을 가지고 있었다. 그의 행동은 어떤 질서를 갖고 있었다. 달팽이처럼 느리게 움직이면서 최대한 힘을 아끼는 동작을 취했다. 비록 먼 거리였지만 돌을 쌓는 노인의 얼굴은 행복해 보였다. 가만히 보니 다리와 노인은 아주 자연스럽게 어울렸다. 그는 마치 농다리의 일부분처럼 보였다. 가끔 노인은 괴로운 표정을 지었다. 어쩔 때는 난폭하게 돌을 던지기도 했다. 보면 볼수록 이상한 노인이었다. 낭패감에 싸인 나는 감독관에게 전화를 걸었다.

'노인이 생난리를 치고 있소. 이래 갖고 무슨 공사를 해요?'

'참, 그 영감탱이도. 알았소. 일단, 철수하소.'

거칠게 전화를 끈 나는 아래를 내려다보았다. 노인이 약간 떨어진 풀밭 위를 오르고 있었다. 그의 움직임을 따라가니 작은 밀밭이 보였고, 그 옆에 초가집 한 채가 서 있었다. 키 작은 싸리나무 담장에 둘러싸인 초가집은 을씨년스러웠다. 흙벽이 군데군데 패어 있고, 이엉을 얹은 지붕은 곧 무너질 정도로 위태로웠다.

다음 날 오전, 강 회장이 직접 전화를 걸어왔다.

'내일 무조건 장비 투입해.'

자신감이 가득 배인 목소리였다.

'우 노인은 어쩌고요?'

'장터로 영감을 유인할 테니 그동안 철거해.'

나는 내키지 않았다. 현장에서 십 년 간 잔뼈가 굵은 나였다. 토목공학과를 나온 정통 기술자라고 자부하는 나에게 속임수는 맘에 들지 않았다. 보통 사람들은 현장 직이라고 하면 무조건 밀어붙인다고 생각한다. 허나 우린 나름대로 규칙이 있었다. 가급적이면 민원인들을 달래려고 했다. 나는 한참 고민했다. 별다른 방법이 없었다. 강 회장 뜻대로 할 수밖에.

그 다음날 아침. 나는 윤 기사에게 농다리로 가라고 지시했다. 현장 오 년 차인 그는 우직하고 성실한 친구였다. 그는 포클레인과 함께 출발했다. 그렇게 윤 기사를 보내고 오전 일과를 마친 직후였다. 윤 기사가 다급한 목소리가 수화기 너머 들려왔다.

'소장님, 그때 봤던 노인이 똥바가지를 들고 발악을 합니다.'

난 쓴웃음을 지었다. 강 회장의 계획은 보기 좋게 어그러졌다. 이상한 낌새를 알아챈 우 노인이 득달같이 다리로 달려왔던 것이다.

마을 회관 앞에서 감독관과 헤어진 나는 허탈한 기분으로 마을 문화관으로 걸어갔다. 역사가 오랜 구봉마을에는 몇 개의 문화유적이 있었다. 문화관은 다리와 삼백 미터 정도 떨어져 있는 빨간 벽돌로 지은 단층 건물이었다. 양반 가라고 자부하는 강 씨 일족들이 일종의 구색 갖추기로 만든 것이었다. 강 씨 일족들은 나중에 이 건물을 헐고 규모 있는 역사문화관을 만들 예정이었다.

　현관이 닫힌 걸로 보아 희란이 잠시 나간 모양이었다. 그녀는 문화해설사였고 강 회장의 조카며느리이기도 했다. 나이는 나와 비슷한 삼십 대 말이었다. 감독관은 농다리에 대해 모르는 것이 있으면 희란에게 물어보라고 했다. 그의 소개로 그녀와 잠시 인사를 나눈 적이 있었다. 난 그녀에게 노인에 대해 물어보고 싶었다.

　저 멀리서 희란이 걸어오는 것이 보였다. 태양이 서산으로 넘어가면서 그림자가 차츰 길어졌다. 희란은 나를 발견하곤 미소를 지었다. 두 번째 만남이었지만 그녀는 반갑게 나를 맞이했다.

　"절 기다렸어요?"

"예. 뭐 좀 물어볼 게 있어서."

"덥죠? 안으로 들어가요."

그녀는 웃음을 지은 후 문화관 안으로 들어갔다. 겉보기와 달리 실내는 은은하면서도 조용한 분위기였다. 입구에는 조잡한 마을 모형이 있었고, 벽면의 아크릴 판은 마을의 유적지를 담고 있었다. 그녀는 한쪽 구석의 소파로 나를 안내했다. 희란이 연노랗게 우러난 밀차를 갖고 왔다. 구수한 향이 나의 코끝에 밀려왔다.

"우 노인은 도대체 어떤 사람이죠?"

"궁금하시죠? 사연이 많은 분이에요."

단정한 보랏빛 유니폼에 쪽 진 머리, 엷게 화장한 희란은 풀꽃처럼 수수한 미모를 지닌 여자였다. 밀차를 한 모금 마신 희란은 천천히 입을 열었다.

나는 그녀의 말을 들으면서 우 노인이 어떤 사람인지 비로소 알 것 같았다. 갑자기 밖이 소란스러웠다. 누군가 희란을 부르는 목소리였다. 희란이 밖으로 나간 사이, 나는 밀차를 마시며 노인의 과거를 정리해보았다.

우 노인은 이북 출신의 고아였다. 열두 살 무렵, 장터에서 동냥하던 그를 마을로 데려온 이는 강 회장의 아버지였다. 강 씨 일족의 좌장 격이었던 강 첨지는 우 노인을 동네 머슴으로 삼았다. 그리고 노인에게 농다리를 돌보게 했다. 사포천 일대에 많은 토지를 소유한 강 첨지는 조상이 세운 농다리를 소중하게 생각했다.

세월이 흘러, 장년이 된 우 노인은 초가집에 살면서 강 회장의 토지를 소작했다. 노인은 틈틈이 농다리를 보수했다. 사포천에 쓸려나간 기둥의 돌을 메웠으며, 흔들리는 장대석을 단단히 고정시켰다. 구봉 마을은 우 노인의 고향이나 마찬가지였다. 그는 구봉 마을과 농다리를 사랑했다. 농다리는 무지렁이 백성들이 힘겹게 만든 다리였다. 우 노인은 자신의 천직이라도 되는 양 농다리를 돌보았다.

오십이 다 되도록 혼자였던 그는 가끔 다리 위로 올라가 이상한 행동을 하기도 했다. 달 밝은 밤이면 다리 위에 올라가 장대석을 쓰다듬었고, 가끔 몸을 포개며 오래도록 엎드려 있었다. 장대석에는 비에 패인 구멍이 군데

군데 나 있었다. 별이 영롱하게 빛나는 여름밤이면, 그는 농다리 위에 고즈넉이 앉아 노래를 부르기도 했다. 그럴 때 다리는 화답이라도 하듯 윙윙거렸다. 실상은 사포천이 기둥에 부딪히는 소리였고, 바람에 강물이 흔들리는 소리였다.

서른 댓 살 먹은 벙어리 여자와 세 살 난 사내놈이 구봉마을에 나타난 것은 이즈음이었다. 어느 날, 노인은 다리 위에 멍하게 앉아 있는 거지꼴의 여자를 발견했다. 어디서 왔는지, 무얼 하던 여자인지 알 수 없었다. 모자는 몹시 굶주려 보였다. 노인은 그들이 불쌍해서 집에 데려가 밥을 먹였다. 밥을 먹은 여자는 자진해서 설거지와 집안 청소를 했다. 그는 모자를 측은하게 여겨 잠을 재웠고, 그날부터 그들은 자연스레 함께 살게 되었다.

비록 벙어리였지만 때를 벗은 여자는 고운 태를 가지고 있었다. 야들야들한 몸매에 궁둥이가 암팡졌다. 젖가슴도 봉긋하니 탄력이 있었고, 갸름한 얼굴은 여염집 아낙보다 훨씬 고왔다. 그는 농다리가 고마웠다. 혼자 사는 자신을 애처롭게 여겨 농다리가 여자를 데려왔다고 생각했던 것이다.

벙어리 여자는 성실하고 착했다. 늘 노인과 함께 밭일을 했다. 때론 농다리 보수에 필요한 잔돌을 날라주기도 했다. 바야흐로 노인의 인생에 꽃이 피는 것처럼 보였다. 벙어리 여자가 우 노인과 함께 산 지도 어언 십 년이 지나갔다. 벙어리 여자는 이제 그의 아내로 대접받는데 부족함이 없었다. 육십이 다 된 우 노인이었지만 그는 여전히 강 씨 일족에게 깍듯했다. 마을의 온갖 궂은일도 마다하지 않았다.

그런 노인에게 불행이 닥쳐왔다. 태풍이 몰려오면서 사포천이 심하게 요동치던 날이었다. 그는 불안한 심정으로 툇마루에 앉아 농다리를 지켜보았다. 아침을 먹은 아내가 아들을 데리러 진 고개를 넘어갔던 것이다. 아들은 연지호 근처의 초등학교에 다니고 있었다. 비바람은 더 강하게 불어왔다. 큰일이었다. 이대로 가다간 불어난 사포천에 농다리가 잠길 것이다.

노인은 아내가 무사히 오는 것도 걱정되었지만 다리가 괜찮을지도 염려되었다. 시간이 흐르면서 물이 거의 기둥 높이에 근접했다. 덩달아 구봉마을 쪽의 기둥이 조금씩 흔들거렸다. 노인은 자리에서 벌떡 일어났다. 기둥이 무너질 것 같았다. 조금 있으면 아내와 아들이 오지 않는가! 결국 노인은 급히 집을 나서서 농다리로 달려갔다. 그는 작은 돌을 들고 주저 없이 물속으로 들어갔다. 그가 생각하기에 큰 돌 사이로 작은 돌을 몇 개 넣으면 당분간 버틸 것 같았다.

그의 노력 덕분인지 기둥이 조금씩 안정을 찾았다. 한숨을 돌린 노인은 언덕 풀밭으로 올라갔고 아내와 아들이 나타나기를 기다렸다. 조금 있으니 그들이 농다리를 건너는 모습이 보였다.

'어서 건너와!'

노인은 그들에게 고함을 질렀다. 모자는 반가운 표정을 지으며 다리를 건너기 시작했다. 그때였다. 저 멀리서 집채 만 한 물방울이 다리로 몰려왔다. 그는 급히 다리로 달려갔다.

'위험해! 오지 마!'

그러나 그들은 더 **빠른** 속도로 다리를 건넜다. 한 치 앞도 분간할 수 없을 정도로 비가 세차게 내렸다. 다급해진 노인이 기둥에 접근함과 동시에 그들이 입구 쪽으로 도달할 즈음이었다. 갑자기 꿍음이 들려오는가 싶더니 세찬 물살이 다리를 때리고 말았다. 순식간이었다. 기둥이 와르르 무너졌고 노인과 벙어리 모자가 물속으로 잠기고 말았다. 그는 머리만 내놓은 채 급류에 떠내려갔고 그들의 모습은 보이지 않았다. 천우신조인지 우 노인은 하류의 사자바위를 간신히 잡았다. 다음날 노인이 병원에서 치료를 받는 사이, 마을 사람들은 사포천 하류를 샅샅이 뒤져 겨우 모자의 시체를 발견했다.

우 노인은 엄청난 충격을 받았는지 그때부터 말을 심하게 더듬었다. 한꺼번에 두 사람의 장례를 치르던 날, 노인은 이성을 잃었다. 망치로 농다리의 장대석을 내려쳤다. 자신이 그토록 사랑하는 다리였지만 동시에 가족을 앗아간 다리였다. 그러기를 반복하던 어느 날 밤, 노인은 다리 위에서 피눈물을 토하다가 진 고개 쪽으로 홀연 사라졌다.

그가 다시 나타난 것은 오년 전이었다. 어떤 이는 우 노인이 석수장이를 따라다녔다고 했고, 또 어떤 이는 목수를 따라다녔다고 했다. 무슨 일을 했든 이제는 육십 대 후반이 된 노인이 초라한 몰골로 마을로 돌아온 것이다. 그는 다시 초가집에 살면서 농다리를 돌보았다. 모두들 그의 행동을 바라만 볼 뿐 아무 말도 하지 않았다. 사람들은 그저 아내와 아들의 원혼을 달래는 행동이려니 생각했던 것이다.

"뭘 그리 생각해요?"

깊은 상념에 빠져 있던 나는 눈을 확 떴다. 조용한 걸로 보아 사람들이 간 모양이었다. 희란이 자리에 앉자마자, 나는 어두운 표정으로 말문을 열었다.

"농다리에 대한 우 노인의 집착이 대단했군요."

"그래요. 벌써 오 년이나 되었죠. 그때부터 회장님과 사이가 틀어졌어요."

노인이 세웠다는 기둥도 장마가 몰아치면 허물어졌다고 했다. 그래도 노인은 포기하지 않고 무려 오 년 동안 혼자서 기둥을 쌓았던 것이다. 나는 고개를 끄덕거렸다.

모든 의문이 풀리는 느낌이었다. 마음 한 구석에서 우 노인에 대한 연민이 몰려왔다. 불현듯, 한평생 목수로 일하다가 돌아가신 아버지가 생각났다. 말을 마친 희란은 내 손의 카메라를 말없이 바라보았다.

"사진 촬영이 취미신가 보네요."

"뭐, 그런 셈이죠."

"가만 보니 소장님은 건설 현장에 근무할 분이 아닌 것 같아요. 인물도 준수하시고……"

"별말씀을…… 사진, 찍어드릴까요?"

"그래 줄래요?"

희란은 어두운 기색으로 자신의 사연을 털어놓았다. 그녀의 남편은 구봉마을 출신이었다. 몇 년 전 겨울, 시댁에 다녀왔던 희란 부부는 귀경하는 길에 교통사고를 당하고 말았단다. 아들은 즉사했고 남편은 반신불수가 되었다. 희란 역시 몇 개월 입원할 정도였다. 지금 그녀의 남편은 문화관과 멀지 않은 시댁에서 요양하고 있었다. 그때 그들은 농다리 위에서 사진을 찍었는데 필름이 다 되어 가족사진을 못 찍었다고 했다. 그녀는 서랍에서 낡은 사진을 꺼냈다. 학자풍의 사내와 어린 아들이 눈을 맞으며 활짝 웃고 있는 모습이었다. 얼핏 그 사내를 본 것 같았다. 희란은 자신을 찍어 그 사진과 합성해달라고 말했다.

"사실 제 남편도 토목 공학도였어요. A대학에서 시간강사로 일했죠. 남편은 농다리를 유난히 좋아했어요."

그 말을 듣는 순간, 난 멍한 기분이 들었다. 내가 졸업한 학교인데…… 남자를 자세히 보니 학교 다닐 때 구조공학을 강의했던 사람이었다. 순간 스치는 것이 있었다. 그 당시 그가 수업 시간에 오래된 돌다리 사진을 보여주며 메쌓기와 찰쌓기에 대해 강의했던 것이 생각났다. 그게 바로 농다리였던 것이다. 나는 왜 농다리가 낯설지 않았는지 비로소 깨닫게 되었다. 후일 그가 교통사고를 당했다는 말을 들은 적이 있었다.

나는 희란에게 사진을 합성해주겠다고 말한 후, 서둘러 문화관을 빠져나왔다. '참 희한하군. 낯선 곳에서 그 사람의 아내를 만나다니. 결국 나도 농다리와 인연이 있었던 것인가.' 나는 쓸쓸하게 웃었다. 벌써 오후 네 시였다.

차를 몰고 나는 현장사무실로 향했다. 보은 방향의 국

도를 따라 십분 정도 달리니 보탑사라는 이정표가 보였다. 보탑사에는 최근에 지어진 삼층 목탑이 있었다. 그것 역시 농다리와 마찬가지로 천연 재료만으로 이루어진 구조체였다. 나무에 홈을 파서 그 홈에 다른 나무를 끼워 넣는, 이른바 '이음과 맞춤'에 의해 목탑을 만든 것이다. 섬세한 목구조로 이루어진 목탑, 암돌과 숫돌로 엮인 농다리. 난 이름 모를 목수와 석수장이, 그리고 무지렁이 백성들을 떠올렸다.

다음날 늦은 오후, 다시 다리를 찾아갔다. 우 노인은 여전히 기둥에서 일하고 있었다. 노인의 기둥은 거의 완성 단계였다. 나는 가까이 다가가 슬그머니 돌을 날라 주었다. 그는 나의 위아래를 훑어보다가 넌지시 그 돌을 받았다. 노인의 기둥을 자세히 보니 암돌과 숫돌이 섬세하게 맞물려 있었다. 처음 볼 때는 허술한 듯 했는데 실상은 무척 정교했다. 그의 기둥을 비웃었던 내가 부끄러웠다. 우리는 거의 한 시간 동안 돌을 매개로 작은 동질감을 느꼈다. 어쨌든 그와 나는 같은 토목 기술자였던 것이다. 난 서서히 그의 작업에 동조하고 있었다.

언제 나타났는지 강 회장이 풀밭에 서서 못마땅한 표정으로 이쪽을 보고 있었다. 노인은 작업을 중단하고 집으로 갔고 난 회장에게 다가갔다. 그는 나를 보자마자 타박하듯이 말했다.

"정 소장, 무슨 짓이야?"

"노인이 고집 피우는 이유를 알고 싶어서……"

강 회장은 손사래를 쳤다.

"알면 뭐 하게? 조금 있으면 장마철이야, 장마철!"

"……"

"당신은 무조건 장비 들이대! 오늘 담판 지을 테니까."

강 회장은 휑하니 초가집으로 달려갔다.

"아니, 우 씨. 도대체 어쩌자는 거야?"

강 회장은 마당에 들어서면서 고함을 질렀다. 툇마루에서 누룽지를 긁어먹던 노인이 황급히 자리에서 일어났다.

"벌써 오 년 째야. 이제 그만둬!"

"아으, 아……안."

"안 되긴 뭐가 안 돼? 내일 철거할 테니 그리 알아!"

회장은 씩씩거리며 밖으로 나왔다.

"조금만 기다려보시죠. 제가 한 번 설득해 보겠습니다."

"아니, 저 꼴을 보고도 그런 말이 나와."

밖으로 급히 나온 노인이 강 회장의 팔꿈치를 잡으며 다시 애원의 눈길을 보냈다. 회장은 노인의 손을 냉정하게 뿌리치며 가버렸다. 노인의 주름살 사이로 짙은 그늘이 배어 있었다. 노인이 내 팔을 잡아끌더니 농다리로 가자는 시늉을 했다. 그는 나를 모래밭으로 데려갔다. 그리고는 자신이 만들고 있는 첫 번째 기둥 밑을 두 손으로 파기 시작했다. 어느새 기둥 밑에 박힌 기초석이 나타났다.

"도……돌이."

노인은 기초석을 가리키며 고개를 가로저었다.

"무슨 말이시죠? 뭐가 잘못됐단 말이죠?"

내가 잘 모르겠다고 하자 노인은 답답한지 가슴을 손으로 쳐댔다. 잠시 후, 노인은 한숨을 푹 내 쉬더니 다리 위로 올라갔다. 나는 모래밭에서 우 노인의 뒷모습을 지켜보았다. 우 노인 옆으로 달팽이 몇 마리가 기어갔다. 달팽이가 노인을 따라가는지, 노인이 달팽이를 따라가는지 알 듯 모를 듯 한 장면이었다. 달팽이와 함께 농다리 위를 걸어가는 흰옷의 노인은 한 폭의 동양화 같았다. 난 살며시 사진을 찍었다. 망원렌즈를 이용해서 그의 손을 뷰 파인더로 끌어당기기도 했다. 작고 거친 손, 노동의 흔적이 배어 있는 손이 보였다.

다리 중간쯤에 올라간 노인은 장대석 위에 앉아 사포천을 우두커니 내려다보았다. 잠시 후 노인은 다시 내 쪽으로 왔고, 그와 나는 풀밭을 지나 초가집으로 걸어갔다. 길가에는 참나리아며 칸나, 바늘꽃 같은 야생화가 피어 있었다. 그가 발걸음을 옮길 때마다 야생화가 따라가는 것 같았다. 싱그러운 들꽃 향이 노인에게서 묻어 나왔다.

내가 툇마루에 앉아 있는 동안 노인이 막걸리와 김치가 얹힌 개다리소반을 내 왔다. 나는 노인의 탁한 눈동자를 바라보았다. 신산한 삶이 박혀 있는 눈동자였다. 노인은 내 잔에 술을 한 잔 따라주었고, 난 그의 술잔을 채웠다. 우리는 말없이 술을 비웠다. 노인은 어렵사리 말문을 열기 시작했다.

"도…돌과 물이 어울리는 다리. 그…그래야 처…천 년

을 버…버티는 거여.”

“콘크리트로 만들면 쉽지 않습니까?”

그는 토막토막 끊어지듯 힘겹게 말을 이어갔다.

“그…그건 가…강에 대…대못을 바…박는 짓이여. 코…
콘크리트는 무…물을 썩게 만들어.”

난 부끄러움을 느꼈다. 진정한 기술자라면 다리에 어
울리는 공법을 소신 있게 주장해야 했다. 그러나 난 그렇
지 못했다. 귀찮아서, 그저 빨리 해주고 본사로 가고 싶
어서 농다리에 시멘트 칠을 하고자 했다. 그건 자연에 반
하는 일이었다.

우 노인은 그런 나의 맘을 아는지 모르는지 묵묵히 술
잔을 기울였다. 어느새 어둠이 먹물처럼 퍼져 있었다. 노
인은 고개를 돌려 농다리를 바라보았다. 사포천에서 바
람이 자늑자늑하게 불어왔다. 달빛이 물결 위를 떠다니
고 있었고 그 위에 농다리가 조용히 앉아 있었다. 아름다
운 풍경이었다. 거대한 용이 꿈틀거리며 사포천 위를 기
어가고, 그 몸 위에 은 조각이 분분히 날리는 모습이었
다. 은빛 물결이 기둥 아래로 흘러가면서 점점이 흩어졌

다. 노인의 얼굴에도, 농다리에도, 푸른 밀밭에도 하얀 달빛이 쏟아졌다.

　사흘 동안 나는 강 회장과 우 노인 사이를 오가며 좋은 해결책을 찾고자 노력했다. 나는 그들에게 콘크리트 공법 대신 노인의 기둥을 활용하는 방법을 제안했다. 내가 제시한 방법은 모르타르를 돌 사이에 바르는 찰쌓기 공법이었다. 그러면 기둥을 허물지 않고도 얼마든지 장대석을 올릴 수 있었다. 그러나 우 노인은 콘크리트만큼은 절대로 안 된다고 고개를 저었다. 강 회장은 무조건 철거하고 새로 짓자고 주장했다. 난감했다.
　내가 이렇게 미적거리자 감독관은 본사에 전화를 걸어 압력을 넣었다. 본사 부장은 그들 요구대로 해주라고 닦달했다. 하찮은 것 때문에 본사 근무 못할 수도 있다고 엄포를 놓았다. 결국 어쩔 수 없었다. 감독관의 등쌀과 강 회장의 요구에 못 견딘 나는 나흘째 되는 날에 윤 기사와 함께 장비를 투입했다. 나는 불안했다. 무슨 일이 벌어질 것 같았다.

결국 나의 우려대로 사건은 터지고 말았다. 강 씨 일족과 우 노인은 장비가 투입되던 날 아침부터 전쟁이었다. 현장에 도착하니 그들이 실랑이를 벌이고 있었다. 노인은 돌멩이를 들고 있었고 강 씨들의 손에는 삽과 곡괭이가 들려 있었다. 나와 일꾼들은 당황한 채 그들을 지켜볼 수밖에 없었다.

"으아악, 으아악."

노인은 돌멩이를 휘두르며 발악했다. 사람들은 잠시 주춤했다가 노인에게 다시 달려들었다. 노인이 휘두른 돌멩이에 장정 두 명이 벌렁 자빠졌다. 결국 보다 못한 강 회장이 달려들어 노인의 손을 잡았다.

"빨리 철거해! 이놈의 영감탱이, 오늘 나하고 끝장을 보자!"

두 사람은 서로를 노려보며 씨근덕거렸다. 그들의 눈에서 파란 불꽃이 일었다. 그렇게 한참을 둘이서 씨름했을까. 갑자기 강 회장이 비명을 내지르며 뒤로 물러났다. 우 노인이 돌멩이로 강 회장의 발등을 찍은 것이었다. 그는 허둥대다가 얕은 물가로 쓰러졌다. 선지피가 사포천에 서서히 번져갔다. 놀란 나는 모래밭으로 내려가 사람들과 함께 강 회장을 부축했다. 강 회장은 무척 고통스러운 표정이었다. 몇 명이 회장을 부축해서 나가는 동안, 장정 두 명이 노인을 모래밭에 패대기친 채 발길질을 해댔다. 노인의 입과 코에서 피가 터져 나왔다. 나는 간신히 그들을 뜯어말렸다.

이제 평화롭게 일을 해결할 방도는 사라지고 말았다. 나는 눈을 내리 감고 깊은 한숨을 쉬었다. 내 가슴속에는 우 노인에 대한 연민이 분수처럼 솟구쳤다. 어느덧 나는 우 노인 편이 되어 있었다. 노인은 모래밭에 주저앉은 채 숨을 몰아쉬었다. 먹장구름이 시커멓게 몰려왔다. 장마가 일찍 시작될 모양이었다.

사건이 터진 다음날, 난 우 노인의 초가집으로 찾아갔다. 어젯밤부터 집중 호우가 내리기 시작했다. 조금 있으면 농다리는 사포천에 잠길 것이다. 그러면 노인의 기둥이 무너질지도 모른다. 노인은 툇마루에 앉아 황토 마당을 후벼대는 장대비를 불안스레 보고 있었다. 나를 발견한 노인은 무척 반가운 표정을 지었다. 그의 눈두덩에는 시퍼런 멍이 박혀 있었다.

"기둥이 거의 완성되었는데, 비가 와서 걱정이겠습니다."

나는 노인이 건네주는 수건으로 얼굴을 닦았다.

"어어, 저저……"

노인은 입술을 달싹거리며 손 모양으로 무언가를 들어올리는 시늉을 했다. 내가 고개를 갸웃거리자 노인은 종이에 탱크 비슷한 그림을 그렸다. 가만 생각하니 포클레인으로 장대석을 올려달라는 뜻이었다. 난 선뜻 대답하지 못했다. 마음 같아선 해주고 싶었지만 단독으로 할 수 없는 일이었다. 노인은 내 손을 꼭 잡으며 간절한 눈빛을 띠었다. 난 머뭇거리며 고개를 약간 끄덕였다. 노인의 표정이 그지없이 밝아졌다.

비가 더 거세게 내리기 시작했다. 노인과 나는 툇마루에 서서 불안한 표정으로 농다리를 바라보았다. 안절부절 하던 노인은 급기야 우비를 챙겨 입고 초가집을 나섰다. 난 그의 뒤를 따라갔다. 모래밭은 이미 물에 잠겨 있었고, 사포천의 수위는 장대석에 육박하고 있었다. 진 고개 쪽의 나무들은 한쪽으로 쏠려 있고, 어떤 나무는 둥치가 부러진 상태였다. 거대한 흙탕물이 호호탕탕 흐르는 모습은 위협적이었다.

노인은 농다리 쪽으로 바삐 걸어갔다. 그때였다. 기둥의 윗부분에서 하나 둘 돌이 떨어졌다. 위태로웠다. 저러다간 얼마 못가 무너질 것 같았다. 그러자 노인이 빠른 속도로 뛰어가더니 바로 물속으로 들어가기 시작했다. 나는 급히 쫓아갔다.

"영감님, 무슨 짓입니까? 어서 나와요!"

모래밭 앞에서 나는 고함을 질렀다. 어느새 노인은 허리까지 차오른 물살을 헤치면서 자신이 만든 기둥으로 접근하고 있었다. 삼지창처럼 날카로운 물살이 노인의 여린 등짝을 쉴 새 없이 쳐댔다. 근처를 지나던 마을 사람들이 몰려왔다.

"저 영감탱이가 돌았나."

마을 사람들은 야단치듯이 빨리 나오라고 소리를 질렀다.

우 노인은 윗부분만 보이는 자신의 기둥으로 가더니,

물속으로 허리를 숙여 떨어진 돌을 들어올리기 시작했다. 안간힘을 쓰며 돌을 들어 올리는 노인의 얼굴에서 붉은 핏줄기가 부풀어 올랐다. 황토로 물든 노인의 무명옷이 흙물을 줄줄 토해댔다. 몇 개의 돌을 쌓은 노인은 힘에 부치는지 기둥에 기대 숨을 몰아쉬었다. 하늘은 엄청난 기세로 비를 퍼부었고 물은 순식간에 그의 가슴을 지나 목까지 차올랐다. 신기한 것은, 노인이 돌을 몇 개 올리자 기둥이 더 이상 흔들거리지 않는다는 것이었다.

"영감님, 빨리 나와요. 위험해요."

노인은 힘이 다했는지 꼼짝도 하지 않았다. 나와 마을 사람 몇이 급히 물속으로 뛰어들었으나 억센 물살 때문에 몸이 앞으로 나가지 않았다. 미칠 것 같았다. 어찌해 볼 도리가 없었다. 그저 멀거니 황토색 물이 그의 입과 눈을, 이마를 집어 삼키는 것을 지켜보아야 했다.

물에 잠기는 그의 얼굴에 얼핏 희미한 미소가 번졌다. 잠시 후 그의 얼굴이 보이지 않았고, 물 위로 드러난 그의 두 손이 조금씩 가라앉더니 이내 사라지고 말았다. 사포천은 황톳빛 옷감처럼 노인의 몸을 푹 감싸버렸다. 나와 마을 사람들은 어쩔 수 없이 돌아섰다.

연락을 받고 온 구조대원들이 노인이 사라진 쪽으로 뛰어들었지만 이미 때는 늦었다. 거의 한 시간이 지난 상태였다. 구조대원은 시체로 변한 노인을 건져냈다. 사포천은 여전히 도도하게 흘렀다. 농다리는 노인의 죽음을 아는지 모르는지 쏟아지는 비를 처연히 맞고 있었다.

그 일주일 후였다. 한 주 내내 퍼붓던 비가 이틀 전에 겨우 멈추었고 사포천의 수위가 조금씩 줄어들었다. 나는 사무실에서 인터넷으로 고대 다리를 검색하고 있었다. 나막다리, 섶다리, 쌀다리가 눈에 들어왔다. 그 다리들의 공통점은 모두 자연에서 얻은 재료들로 만들어진 것이고, 주변 환경과 잘 어울린다는 것이었다. 생활상 필요해서 만든 다리라 해도 옛사람들은 인공미를 자연미로 승화시켰다. 농다리도 바로 그런 다리였다. 이미 자연의 일부가 된 다리인 것이다. 난 우 노인과 농다리를 생각하며 심한 자괴감에 휩싸였다.

시간은 어느덧 저녁 여덟시였다. 오전에 우 노인의 안

장식이 열렸다. 그동안 비가 와서 못한 것을 오늘에야 겨우 했던 것이다. 노인의 유해는 농다리가 내려다보이는 진 고개 정상에 묻혔다. 난 착잡한 심정으로 투광등 스위치를 올렸다. 창문의 버티컬 조각 사이로 빛이 스며들었다. 그 빛은 사선을 이루며 잉크처럼 바닥에 툭툭 떨어졌다. 전화벨이 울렸다. 희란이었다.

"소장님, 빨리 와 보세요."

희란의 흥분된 목소리였다.

"무슨 일이죠?"

"기둥이 멀쩡해요."

'응? 그럴 리가. 노인의 기둥이 집중 호우를 견디다니?' 나는 급히 사무실을 빠져나왔다. 곧이어 농다리에 도착한 나는 눈을 의심했다. 물이 조금씩 빠지고 있는 사포천 위에 우 노인의 기둥이 어슴푸레 드러나 있었다. 믿을 수 없었다. 농다리는 기둥과 장대석이 일체화되어 자체의 하중을 지니게끔 만들어진 다리였다. 장대석이 없는 기둥은 무게감이 없어 세찬 물살에 허물어지는 것이 정상이었다. '도대체 노인은 어떤 방식으로 기둥을 만들었단 말인가?'

나는 기둥을 세밀히 조사하고 싶었다.

다음 날 오전, 포클레인과 일꾼들을 데리고 나는 현장으로 향했다. 노인의 기둥은 거의 모습을 드러냈고 밑에는 모래가 수북이 쌓여 있었다. 나는 포클레인 기사에게 그 모래를 파내라고 지시했다. 왕 하는 기계음과 함께 포클레인 삽날은 기둥 아래를 세차게 파고들었다.

몇 차례 모래를 퍼내니 기둥 기초석이 보였다. 기초석은 가로 세로 약 일 미터 정도 되는 평평한 돌이었다. 나는 노인이 기둥 아래를 가리키며 이상한 행동을 했던 것을 기억해냈다. 일꾼들더러 기초석 아래를 삽으로 파보라고 지시했다. 어느 정도 팠을까? 갑자기 '깡'하는 파열음이 들렸다. 순간 야릇한 예감에 싸인 나는 직접 모래를 파헤쳤다. 어느새 작은 돌기둥이 보였다. 돌기둥은 크고 작은 돌로 촘촘히 엮여져 있었다. 그 기둥은 마치 기초석을 떠받드는 모양새였다. 더욱 이상한 기분이 든 나는 돌기둥을 따라 계속 모래를 파헤쳤다. 거의 일 미터쯤 팠을 때였다. 거대한 암반층이 드러났다. 나는 그것을 보자마자 온몸이 굳어졌다. 내가 미처 몰랐던 것이 현실로 드러난 순간이었다. 노인의 기둥이 폭우에 무너지지 않은 이유를 비로소 알 것 같았다. 가슴속이 먹먹해졌다. 내 입에선 장탄식이 절로 나왔다.

　오후에 나는 강 회장의 병실을 방문했다. 회장은 깁스를 한 채 인상을 찌푸리고 있었다.

"그래 기둥이 어떻다고?"

"그대로 써먹을 수 있겠습니다."

"어째서?"

"노인은 암반층을 발견했고, 그 위에 기초 돌기둥을 만들었고 다시 그 위에 기둥 기초석을 놓았습니다. 그러고 나서 기초석 위에 물 위로 드러나는 기둥을 쌓은 것이죠. 물 위의 기둥과 기초석 밑의 기둥이 더해져서 도합 이 미터의 돌기둥이 된 거죠. 결국 그 두 기둥의 하중이 장대석의 하중과 비슷했던 겁니다."

"그렇게 해서 안 무너졌단 말인가?"

"노인은 물 위로 드러나는 기둥에는 일부러 큰 돌만 사용해서 틈을 만들었습니다. 그 틈으로 물이 빠져나가면서 수압이 분산된 겁니다. 혼자 작업했던 우 노인으로선 최선의 방법이었죠."

"우 씨가 옳았단 말인가?"

"예. 노인은 오랜 경험을 통해 느리지만 정확한 방법을 찾아낸 겁니다. 이제 장대석만 올리면 됩니다."

그의 표정이 일그러졌다. 이렇게 되면 농다리를 보수했다는 자신의 업적 자체가 생길 리 만무했다. '젠장, 더럽게 되었군.' 강 회장은 역정을 내며 침대에 털썩 드러누웠다.

며칠이 흐른 어느 날, 나는 포클레인을 동원해서 노인의 기둥 위에 장대석을 올렸다. 작업은 날이 어둑해질 무렵에야 겨우 완료되었다. 일꾼들이 모두 빠져나간 농다리 위를 나는 오래도록 거닐었다. 새로 올린 장대석 위에 서서 한참 동안 고개를 떨어트렸다. 다리에 고요와 짙은 어둠이 몰려왔다. 멀리 은하수가 사자바위 근처 하늘에 뿌옇게 걸려 있었다.

어디서 나타났는지 달팽이가 장대석 위를 기어갔다. 어쩌면 노인과 농다리는 암수를 함께 지닌 달팽이처럼 한 몸이었을 것이다. '농다리는 다시 천년의 세월을 버티겠지. 대바구니 '籠(농)'자라고 했던가. 다리의 돌들이 마치 대처럼 촘촘히 엮어 있어서 그리 불린다지. 우 노인은 자연과 조화를 이룬 채 질긴 생명력을 가진 다리를 만들고 싶었을 것이다. 그는 장대석 작업을 나에게 맡기고 자연의 일부로 돌아갔다. 그는 어쩌면 나 같은 사람을 기다렸을 것이다.

플래시 촬영 방법

레인보우 샤크 두 마리가 바닥에 웅크린 채 미동도 하지 않는다. 수족관 안의 물은 안개처럼 희미하다. 벌써 일 년 넘게 살고 있는 놈들이다.

야, 이것 좀 봐라. 레인보우 샤크란다. 색깔이 제법 예쁘지. 구라미나 엔젤 피쉬 같은 잡어들보다 훨씬 족보 있는 놈이야. 클클.

비가 오던 날이었다. 엉망으로 술에 취한 상재가 물이 반쯤 빠진 비닐봉지를 나에게 내밀었다. 샤크 두 마리가 봉지 안에서 허덕이고 있었다. 갈색 몸에 빨간 꼬리를 가진 특이한 놈들이었다. 그의 말에 의하면 암수 한 쌍이란다. 나는 그럴까 하는 의구심을 가지고 놈들을 TV옆의 수족관에 집어넣었다. 그때만 해도 마치 실지렁이처럼 가냘픈 놈들이었다. 지금은 뱀장어처럼 통통하다.

어디선가 봄의 향기가 은은하게 흘러온다. 청포도 빛 바다와 노란 개나리가 무척 잘 어울리는 날이다. 잔인한 사월이다. 특히 나에게는 너무 잔인한 사월이다.

원룸 한쪽 벽면에는 비비안 마이어의 사진들이 붙어 있다. 상재가 사랑한 사진들이다. 그것들은 흑백의 프레임 속에 뉴욕의 사람들을 담고 있다. 그가 제일 좋아했던 사진은 손을 잡은 두 남녀의 뒷모습을 찍은 사진이다. 잘 봐라, 민규야. 두 남녀의 손에서 한 점이 보이지 않냐? 그가 그렇게 말해서 나는 한참 동안 그 사진을 쳐다보았다. 허나 아무리 해도 내 눈에는 한 점이 보이지 않았다.

PC 모니터에 나타난 사진을 나는 오래도록 지켜본다. 왜 자꾸 푸른색이 보일까. 분명 플래시를 터트렸는데. 모니터가 문제인지, 화이트 밸런스가 문제인지. 나는 멀리 떨어진 곳에서 모니터를 바라본다. 파라우리하다. 파르께하다, 파르족족하다. 푸른색 언어들이 하느작하느작 허공을 떠돈다.

나는 파란색이라고 생각하지만 사실은 자주색이다. 파랗다고 느끼고 싶은 것은 내 두뇌의 바람일 뿐이다. 죽은 아이들의 얼굴에 핀 시반이 모니터를 가득 채우고 있다. 붉은색과 보라색이 섞여서 만들어지는 자주색을 나는 파랗다고 착각한다. 푸른색은 음울하면서도 차갑다. 냉기에 싸인遺體의 상징적인 색깔이다. PC 모니터는 푸른색과 자주색 사이에서 갈등한다.

모니터에서 눈을 떼고 나는 창문 너머 파란 신세계를 바라본다. 바다는 유달리 진한 포도 빛이며 파도는 포말을 안고 해안가로 밀려온다. 수평선 위를 항해하는 크고 작은 배들이 보인다. 나는 문득 배 안의 세상이 궁금해진다. 배를 타고 있는 사람들은 자신들이 안전하다고 생각한다. 차가운 바닷물로부터 자신들을 보호한다고 믿기 때문이다.

기억하기도 싫고 보고 싶지도 않았던 두 아이의 사진이었다. 나는 지금 프리랜서 사진작가로 일하고 있다. 주로 여행 잡지에 관광명소 사진을 납품한다. 가끔 야외 웨딩 사진도 촬영했다. 아침 일찍 잡지사 강대리가 한 달 전에 보낸 사진을 다시 보내달라고 요청했다. 그 사진을 어느 폴더에 넣었는지 잘 기억나지 않았다. 이리저리 폴더를 뒤지다가 인터넷에서 n드라이브를 열어보았다. 순간, 일 년 전의 사진들이 자동으로 모니터에 나타났다.

그 사진들을 보는 순간, 내 심장은 얼어붙었다. 벌써 일 년이 지났던가? 달력을 힐끗 본다. 4월 16일이다. 두 아이는 플래시 빛을 받아 하얀 색감으로 뒤덮여 있다. 눈썹에 맺혀 있는 물방울이 투명하게 빛나고 있다. 만일 두 아이가 눈을 뜨고 있었다면 두 아이의 눈동자에는 캐치 아이가 맺혔을 것이다.

나는 손을 뻗어 책상 위에 놓인 캐논 카메라를 집어 든다. 벌써 칠 년의 세월동안 내 손에 길들여진 놈이다. 광각렌즈를 바디에 마운트 시킨다. '차르륵 탁!' 렌즈가 카메라 바디에 결합되면서 나오는 소리는 언제나 나를 흥분시킨다. 눈앞의 사물이 이미지센서에 맺힐 것을 상상하면 사정의 쾌감보다 더 한 짜릿함이 온몸을 파고든다. 렌즈는 16 ~ 35mm 광각이다. 나는 카메라의 액세서리 슈에 낡은 430EX 플래시를 꽂는다. '플래시 촬영 방법'이라는 책과 함께 상재가 남긴 유품이다.

형, 지금이에요. 빨리 찍어요.

그때 시간은 새벽 6시 50분이었다. 나는 변소에 가는 척하며 상재에게 전화를 걸었다. 현장 건너편 어두컴컴한 골목 안에 실루엣 하나가 희미하게 보였다. 그는 500mm 렌즈를 부착한 카메라의 셔터를 부지런히 누르고 있을 것이다.

작은 빌라를 짓는 현장 마당에 빨간 불빛이 너울거렸다. 초겨울의 새벽은 무척 추웠다. 인부들은 언 손을 녹인다며 빈 깡통에 불을 지폈다. 나는 더 많은 연기를 내기 위해 젖은 나무를 통에 넣었다. 회색 연기가 마당에 자욱했다. 시계를 보니 7시였다. 십 분이면 수 백 장의 사진을 찍고도 남을 시간이었다.

야, 누가 불 피웠어? 우람한 덩치의 현장소장이 득달같이 달려왔다. 구청 단속에 걸리면 좆 된다고 고함치면서 그는 깡통을 걷어찼다. 그의 발길질에 벌건 숯들이 에넘느레 마당에 흩어졌다. 인부들은 무표정하게 장갑을 꼈다. 구청 단속에 걸려서 좆 되는 것은 현장소장이지 인부들이 아니었다.

소장이 아무리 씩씩거려봤자 한 달 후면 그에게 벌금 고지서가 날아올 것이다. 오늘도 한 건 했군. 나는 회심의 미소를 지으며 인부들과 함께 각삽을 들었다. 육 대 사. 상재와 내가 나누기로 한 신고 포상금의 비율이었다.

어느덧 오후 다섯 시였다. 소장에게 받은 일당을 들고 나는 상재가 기다리는 국밥집으로 향했다. 국밥집은 시장 골목 안에 있었다. 골목 입구에 들어서니 앳된 얼굴의 고등학생들이 구석진 곳에서 밀어를 나누고 있었다. 귀엽지만 되바라지게 보였다. 저 아이들은 살아있는 존재들로서 나름 어설픈 사랑을 나누고 있는 것이다.

술집에 들어서자 구석에 앉은 상재가 웃으며 손짓했다. 내 나이 이십 말이었고, 상재는 삼십 대 초반이었다.

오늘도 우리는 삶의 결정적인 순간을 찍었다라고, 앙리 까르띠에 브레송이 말했다! 그래, 브레송이 말했다.

클클. 장발에 비쩍 마른 몸매의 상재는 히죽 웃으며 소주
잔을 높이 들었다. 그의 한쪽 눈동자는 졸린 듯이 반쯤
감겨 있었다. 우리는 건배를 하면서 너털웃음을 지었다.

시민감시단. 그 당시 상재와 나의 직업이었다. 불법행
위를 촬영하여 구청이나 시청에 신고하는 감시단. 풋! 솔
직히 말하자면 파파라치였다. 그래도 우린 다큐 사진작가
라고 주장했다. 돈도 벌면서 다큐도 찍는 우리야말로 진
정한 프로 아니냐고 애써 자위했다.

그와 나는 지방 대학의 동문이었다. 그는 국문학과, 나
는 산업디자인과였다. 사진 동아리에서 우리는 처음 만
났다. 그리고 두 사람 다 한 여자를 좋아했다. 그녀의 이
름은 가희였고 나와 동갑이었다. 긴 생머리에 유난히 큰
젖가슴을 출렁이던 그녀. 가희가 없을 때 상재는 그녀를
출렁이라고 불렀다.

나는 컴팩트 카메라, 일명 '똑딱이'를 갖고 있었다. 반면
에 상재는 당시로선 귀한 'DSLR'을 들고 다녔다. 'Digital
Single Lens Reflex'. 한글로 굳이 번역하자면 일안반사
식이었다. 학생들은 간편하게 '디에쎄랄'이라고 불렀다.

가희는 렌즈 교환식 카메라를 들고 다니는 상재를 좋아했다. 똑딱이를 들고 다닌 나는 눈물을 머금고 가희를 포기했다. 내가 그녀를 포기하던 날, 상재는 고량주를 사주며 말했다.

야, 인마. 네가 나보다 잘 생기고 키도 크지만 조금만 참아라. 내가 적당히 먹고 넘겨주마. 클클.

서비스로 나온 군만두를 씹으며 상재는 침을 튀겼다. 우라질 놈의 새끼라고 나는 생각했다. 상재는 학생들에게 '잡동사니'로 불렸다. 잡동사니처럼 이리저리 굴러다니기를 좋아한다고 해서 생긴 별명이었다. 하긴 그는 무던히도 돌아다녔다. 매년 여름에는 어선을 탔고, 겨울에는 막노동 잡부를 뛰었다. 그런 일을 하면서 모은 돈으로 고급 카메라와 렌즈를 장만했다.

졸업하자마자 상재는 서울로 올라갔다. 본격적으로 사진을 공부하겠다며 유명 사진학원에 등록했던 것이다. 그가 서울로 간 동안 나는 바다가 보이는 달맞이 고개에서 미술 학원 강사를 시작했다. 훈남 스타일이라며 여학생들이 나를 많이 따랐다. 나는 잠시 아이들과 행복한 시간을 보냈다.

삼 년이 지난 어느 날, 상재는 장발에 헌팅캡을 쓰고 내 원룸에 나타났다. 예전보다 살이 더 빠졌으며 너덜거리는 청바지를 입고 있었다. 소주에 절은 목소리로 그는 의미심장하게 말했다.

사진은 비비안 마이어처럼, 앙리 까르띠에 브레송처럼 한 점을 포착하는 거야.

그는 마치 득도한 스님인 양 의미심장하게 말하고는 한 구석에 처박혀 잠이 들었다. 행색으로 보아 그의 서울 생활은 처절한 실패인 것 같았다. 저녁 늦게 잠에서 깨어난 그는 대뜸 외쳤다.

씨발, 비주류의 한계야. 한 점에 대해서는 개 좆도 모르는 놈들이.

사진학과를 안 나온 그에게는 원천적으로 사진작가가 될 기회가 주어지지 않았다. 아무리 유명 학원에서 공부해봤자 학원증에 불과하다는 것이었다. 서울의 사진가들은 '그들만의 리그' 안에 단단히 박혀 있었다. 그와 나는 한 달간 짬뽕과 고량주를 먹었다. 울산에서 영어학원 강사를 하는 가희가 가끔 상재를 찾아 왔다. 우리들에게 자장면과 탕수육을 사주기도 했고, 상재에게 용돈도 쥐여주었다. 상재는 이상과 금홍의 환생이라고 말했다.

청요리에 신물이 날 즈음, 그는 나에게 '시민감시단' 활동을 제안했다. 시민의 안전을 지키는 활동가라고 했지만 사실은 파파라치였다. 미술 강사를 때려치우고 싶었던 터라 당장 그를 따라나섰다. 나는 다큐멘터리 사진을 찍는 프로 작가가 되고 싶었다. 파파라치 사진은 또 다른 장르의 다큐라고 생각하기로 했다. 그렇게 우리는 파파라치라는 본질을 숨긴 다큐 사진작가가 되었다.

그날 이후, 우리는 대로변에서 담배꽁초를 버리는 택시 기사들을 찍었다. 불법 과외 하는 학원을 촬영했고, 일회용 비닐을 주는 슈퍼마켓을 몰래 찍었다. 하루에 수 백 컷을 찍어 그중에서 확실한 것을 구청과 시청으로 보냈다. 제법 짭짤했지만 그 짓도 어느 정도 신물이 나기 시작했다.

민규야, 이제 우리도 업그레이드된 다큐를 찍어보자.

상재는 자못 심각하게 말했다. 파파라치 활동을 한 지

육 개 월이 지날 때였다. 우리는 수비 삼거리에 있는 포
장마차에서 막걸리를 마셨다.

서울에서 나처럼 비주류로 설움 받던 Q가 재미있는 것
을 제안했어. 놈은 사진 장사꾼이지. 그쪽으로는 탁월한
새끼야. 재미있는 것? 사실은 조금 으스스하지. 으스스하
다고요? 사이코 킬러란 영화 기억나냐? 예. 뱅뱅 클럽이
란 영화와 함께 봤죠. 그렇지. 하나는 사람을 죽여서 그
시체를 찍는 놈의 이야기고, 또 하나는 종군 작가들의 이
야기지. 혹시? 그래 시체를 촬영하는 일이야.

Q가 제안한 것은 시체 촬영 전문가였다. 나는 뜨악한
얼굴로 상재의 얼굴을 쳐다보았다. 그는 입술을 비틀며
입가에 묘한 미소를 지었다.

이거야말로 진정한 다큐멘터리다. 안 그렇냐?

상재와 동갑인 사진 장사꾼, Q. 그는 주류 사진작가들
이 꺼리는 일을 도맡아 하는 뒷골목 사진작가였다. 일거
리가 떨어진 Q는 희한한 일을 수주했다. 경찰청과 일 년
단위로 계약을 맺어 전국 각지에서 발견된 변사체를 찍는
일이었다. 한강 이북은 자기가 팀을 꾸리고 한강 이남은

상재에게 맡긴다는 것이었다.

일은 힘들지만 일당이 워낙 세다. 색다른 경험도 되고.

나는 특이한 경험을 하면서 돈도 벌수 있으니 좋은 기회라고 생각했다. 콜이라고 나는 외쳤다. 역시 민규다. 그럼 내일부터 바로 출동이다.

그날 이후, 우리는 바야흐로 다큐 사진작가가 되었다. 그 언젠가는 세바스티앙 살가두나 앙리 까르띠에 브레송 같은 세계적인 사진작가가 될 거라고 서로를 위로했다.

변사체 사진을 찍는 동안 우리는 틈틈이 도시의 뒷골목과 시위 현장, 빈민촌을 찍었다. 상재는 비비안 마이어를 좋아했다. 그녀는 생전에 단 한 번도 자신의 작품을 발표하지 않은 사진작가였다. 긴 코트에 모자를 걸치고 뉴욕 거리를 활보하면서 그녀는 사람들을 찍었다. 120미리 필름에 찍힌 거리의 사람들은 웃고 울고 싸우고 있었다.

파파라치, 다큐멘터리 사진작가, 그리고 비비안 마이어. 춥고 배고프던 시절, 상재와 나의 주변을 떠돌던 건조한 언어들.

나는 카메라의 뷰 파인더에 눈을 갖다 대고 방안 여기 저기를 둘러본다. 명징하다, 뷰 파인더 안의 세상은. 렌즈의 종류에 따라 다른 화각을 보여주는 뷰 파인더. 카메라는 인간의 시선을 속이는 교묘한 사기꾼이다. 망막세포로 본 색깔과 뷰파인더로 본 색깔은 너무 다르다. 세상은 다양한 색깔로 표현될 수 있다.

카메라의 뷰 파인더에 계속 눈을 박은 채 나는 서서히 창가로 다가간다. 사각 상자 안의 세상이 넓게 느껴진다. 청포도 빛 바다가 사각 상자를 가득 채운다. 나의 오른쪽 눈동자는 어느새 시퍼런 색깔로 가득하다.

뷰 파인더에 들어온 달맞이 길의 풍경은 싱그럽다. 강아지와 산책하는 아가씨가 보이고 재잘거리며 지나가는 남녀 학생들도 보인다. 두 아이의 미소는 무척 해맑다. 나는 뷰 파인더로 그들을 훔쳐보다가 몰래 찍어본다. 항구에서 만났던 두 아이의 모습이 오버랩 된다.

야, 찌, 찍사. 머 하냐?

파인더 한쪽 구석에 통통한 얼굴 하나가 등장한다. 무릎이 튀어나온 갈색 추리닝에 검은 줄무늬가 박힌 회색

티셔츠. 길동이다. 구부슴한 어깨에 불콰한 기운이 얼굴에 감돌고 있다. 그는 전업 사진작가이다. 지상 최고의 사진을 찍기 위해 늘 돌아다니는. 그는 다소 엉성하지만 자신의 일에 최선을 다하는 프로이다. 나는 그런 길동을 존중한다.

길동형, 아침부터 취했네. 야, 약간의 음료수를 먹었다. 야, 집에 꼬불쳐 놓은 술 없냐? 소주밖에 없는데. 에이, 좀 색다른 것 없냐? 색 다른 술 좀 사 오시지. 지랄, 내 올라간다.

길동은 내 원룸에 들어서자마자 자기 집처럼 냉장고를 활짝 열어젖힌다. 구석에 처박힌 소주 병을 꺼내 반쯤 들이마신 길동은 이내 벽에 기대어 코를 곤다. 아랫배가 튀어나온, 나이 마흔세 살의 이혼남. 요새는 해운 삼포를 돌아다니며 일출 사진을 찍고 있다. 잠든 길동의 얼굴을 클로즈업하며 나는 사진을 찍는다. 두툼한 이마에는 잔뜩 골이 패어 있다. 그 골 사이에서 나는 한 점을 찾으려고 노력한다.

플래시를 사용하는 촬영에서 가장 중요한 것은 한 점

을 찾는 거야. 명심해라. 어떤 피사체가 강제로 빛을 받을 때, 하나의 점이 순식간에 나타났다가 사라진다는 것을. 그 점은 찰나의 상상일 수도 있어. 어쩌면 피사체의 본질일지도 몰라.

한 점. 상재는 플래시 촬영에서 한 점을 강조했지만 나는 아직도 그 한 점을 찾지 못하고 있다. 길동의 얼굴에서도 나는 한 점을 발견하지 못한다. 씁쓸하다. 어쩌면 나는 영원히 그 점을 찾지 못할지도 모른다. 카메라를 내려놓고 포돗빛 바다가 넘실대는 창밖을 쳐다본다. 파리한 물결 사이로 상재의 얼굴이 일렁거린다.

야, 찍사. 뭘 보냐?

어느새 길동이 일어나 나를 보고 있다. 눈동자에는 흐릿한 빛이 맺혀 있다. 그는 비칠비칠 일어나더니 바지를 추스르지도 않고 문으로 걸어간다.

좀 더 쉬다 가시죠. 아…… 안 돼. 오늘 중요한 촬영이 있어.

길동은 휑하니 나가버린다. 나는 다시 창밖을 쳐다본다. 아스팔트 위에 그의 널따란 등짝이 지나간다. TV 옆의 수족관으로 다가간 나는 샤크들에게 먹이를 뿌려준다.
두 마리는 바닥 근처만 맴돌고 있다. 항상 그랬다. 샤크
들은 먹이를 물기 위해 물 위로 올라오지 않는다. 바닥
에 먹이가 가라앉기를 기다렸다가 천천히 먹는 것 같았
다. 영악한 놈들이다. 힘들게 올라오지 않아도 된다는 것
을 알고 있는 것이다. 나는 PC 모니터로 다가가 다시 두
아이의 모습을 오래도록 쳐다본다. 얼핏 두 아이의 얼굴
에 미소가 맺혀 있다. 혼자가 아닌 둘이어서 기쁘다는,
그런 미소가.

일 년 전, 여객선이 침몰하던 날에도 길동은 아스팔트
위로 등짝을 보이며 지나간 적이 있었다. 그 전날, 상재
와 나는 길동과 함께 밤새 술을 마셨다. 태양이 자오선의
중앙에 걸릴 때쯤 겨우 자리에서 일어났다. 오후 한 시였
다. 나는 냉장고를 뒤적여 냉수를 꺼냈다. 길동은 위태
로운 걸음걸이로 원룸 문을 열고 나가버렸다. 나는 물을
마시며 오층 창가에 기대에 그의 등짝을 보고 있었다. 목
구멍의 깔깔함이 거의 사라질 즈음, 상재가 부스스 일어

나 TV를 켰다.

미, 민규야, 저거 좀 봐라. 상재가 외치다시피 말했다. 나는 뜨악한 표정으로 TV를 쳐다봤다. 제주도로 가는 여객선이 침몰했으며 학생 수 백 명이 배 안에 갇혀 있다는 자막이 무미건조하게 흘러나왔다. 여객선은 이미 오전 열 시 반에 완전히 침몰한 상태였다. TV는 바닷속으로 가라앉는 여객선의 모습을 반복해서 보여주고 있었다. 망연자실 보고 있는 중에 핸드폰이 울렸다. Q였다. 전화 좀 받지 뭐 하냐? 바로 진도로 달려가! Q는 살똥스럽게 외쳤다. 우라질. 정말 우라질! 우리는 황급히 카메라 가방을 챙겨들고 밖으로 나섰다.

진도로 가는 길은 무척 메말랐다. 복잡한 남해고속도로를 지나니 갑자기 한적한 도로가 눈앞에 펼쳐졌다. 세 시간을 달리니 순천이 나타났고, 다시 한 시간을 더 달리니 진도로 가는 이정표가 보였다. 태양은 차츰 서쪽으로 넘어가고 있었다. 해남, 강진을 알리는 녹색 이정표가 연노란 석양을 반사했다.

멀리 진도대교가 눈에 들어왔다. 그 아래 울돌목은 가

르랑거리는 소리를 내며 쉴 새 없이 아래로 흘러갔다. 심장을 분해할 듯이 달려드는 가혹한 물소리였다. 바다에 빠진 아이들의 심장은 어떻게 되었을까? 칼날처럼 달려드는 엄혹한 바닷물을 어떻게 견뎠을까?

오후 6시가 다 되어 우리는 사람들로 옥시글거리는 항구에 도착했다. 평소에는 무척이나 한적했던 항구였음이 분명했다. 잿빛 시멘트로 포장된 접안시설은 작고 초라했다. 멀리서 Q가 우리를 향해 다가왔다. 짙은 선글라스에 잿빛 야구 모자, 무성하게 자란 콧수염이 바람에 흩날렸다. 키가 껑충하게 큰 그는 항구의 마른 공기처럼 건들거렸다.

별도 지시가 있을 때까지 플래시 터트리지 마. 사람들이 격앙되어 있어.

지랄! 그거야 우리가 정하는 거지.

상재는 Q를 슬쩍 보며 빈정거렸다. Q는 잔뜩 찌푸린 표정으로 그를 노려보다가 선착장으로 성큼성큼 걸어갔다. 그는 우리들을 선착장 근처 천막으로 데려갔다. Q는 대기하라는 명령을 남기고는 어딘가로 사라졌다.

저 새끼. 지가 무슨 사령관이야 뭐야? 민규야, 내 좀 갔다 올 테니까 너는 잠시 기다려라. 형, 기다리라고 했잖아요? 답답하게 뭘 기다려.

상재는 바람같이 선착장으로 뛰어갔다. 나는 그의 뒷모습을 우두망찰 바라볼 수밖에 없었다. 많은 사람들이 선착장 주변에 모여 있었다. 붉은 놀이 사람들 얼굴 위로 번졌다. 잠시 후, 여러 척의 배가 선착장으로 들어왔다. 한 떼의 학생들이 축 늘어진 몸으로 내려왔다. 그들의 몸에는 파편처럼 물방울이 박혀 있었고 하나같이 황톳빛 담요를 두르고 있었다. 학생들은 울면서 내렸지만 웃으면서 내리는 아이들도 더러 있었다. 어쨌든 나는 살아남아 그대들을 보고 있다는 표정이었다. 삶과 죽음이란 추루한 낙엽의 앞뒷면처럼 먼 사이가 아니었다.

현장은 우왕좌왕이다 못해 아비규환이었다. 구조대원과 마을 사람들, 공무원들이 얽히고설켜 난장판이 되었다. 구조 체계는 전혀 가동되지 못했으며 욕설과 고함만이 난무했다. 몰려온 학부모들이 울면서 바다를 쳐다보았다. 어느새 항구에 어둠이 내려앉았고 방송 차량의 라이트가 항구를 비추고 있었다.

잠시 후, 해경선에서 하얀 시트를 덮은 들것이 내려졌다. 언제 왔는지 Q가 나에게 고함을 질렀다.

빨리 사진 찍어! 상재 이 새끼는 어디 갔어? 저쪽으로 갔는데요.

씨발 새끼! 기다리라고 했는데. 뭐야, 저 새끼 저기서 뭐 하는 거야?

상재는 어느새 들것 주변에 서서 플래시를 터트리고 있었다.

지랄하네. 지가 멋대로 사진 찍고. 야, 너도 빨리 가라고.

Q는 잡아먹을 듯이 나를 닦달했다. 나는 속으로 좆같은 새끼라고 욕하며 상재 곁으로 달려갔다. 그날 내려진 시체는 총 여덟 구였다. 오후 한 시에 첫 시신이 인양된 뒤로 여덟 구가 차례로 선착장으로 들어왔다. 상재와 나는 세 구의 시신을 촬영했다. 밤늦도록 항구는 부산하게 움직였지만 이미 구조가 아니라 시신 인양만 남은 것 같았다. 우리는 서로를 흘낏 쳐다보았다. 착잡함이 심장 주

변에 소용돌이쳤다.

　다음날에는 아침부터 한 떼의 아이들이 내렸다. 아니 내려졌다. 웃음도 눈물도 없었다. 하얀 모포에 둘러싸인 푸른 몸들이 있을 뿐이었다. 검안 의사들이 몰려왔다. 우리는 Q를 따라 검안의사의 뒤에 바짝 붙었다. 모포가 하나씩 걷힐 때마다 카메라는 쉴 새 없이 푸른 몸들을 주워 담았다. 눈뜨고 있는 얼굴을 만날 때면 섬뜩했다. 우리들에게는 그들을 찍어야 할 의무가 있었다. 우리는 그들의 죽음을 기록해서 그 대가로 돈을 받는 처지였다. 죽은 자들이 있기에 먹고사는, 살아있는 자들의 비루한 역설이었다.

　야 이 개새끼들아!

　어디선가 하늘을 가르는 날카로운 소리가 들렸다. 곧이어 둔중한 것이 내 머리를 강타했다. 휙 돌아보니 눈알이 충혈된 사내들이 생수병을 마구 던지고 있었다. Q와 상재도 물병 세례를 받기는 마찬가지였다.

　분위기가 험악해지자 Q는 손짓으로 후퇴 신호를 보냈다. 나와 상재는 어깨를 늘어뜨린 채 주춤주춤 물러났다.

경찰이 Q에게 다가와 귓속말을 속삭였다. 상재는 마뜩잖은 표정으로 배의 밧줄을 매다는 볼라드 위에 앉아 담배를 태웠다. 나는 하늘거리는 연기가 잿빛 파도 속으로 사라지는 것을 보았다. 아이들은 패랭이처럼 작은 꿈 하나 일구지 못하고 저 파도 속에 잠겨 버렸다.

다시 촬영해. 슈퍼 갑이 유족들을 달랬어.

Q는 자신에게 촬영 오더를 내리는 담당을 늘 슈퍼 갑이라고 불렀다. 나와 상재는 다시 아이들에게 다가갔다. 우리는 한참 동안 플래시를 터트렸다. 촬영하는 내내 나의 정서는 건조했으며 그 어떠한 감정의 동요도 없었다. 주검들은 뷰파인더 안에 들어오는 피사체에 불과했던 것이다.

비상 조명등을 단 차들이 선착장 근처로 몰려들었다. Q는 플래시의 발광 양을 더 늘리라고 말했다. 플래시는 푸른 시신을 하얗게 만들 수 있다. 경찰들은 우울한 파란색보다는 밝은 하얀색을 선호한다고 했다. 하긴, 순백의 색에 길들여진 것이 인간의 눈이지 않던가.

멀리 상조도와 하조도 뒤로 붉은 태양이 뉘엿뉘엿 넘어

갔다. 발가우리한 색깔이 물에 풀린 피처럼 바닷물에 퍼져 있었다. 하늘을 쳐다보니 붉은 색깔이 엷어지면서 오렌지 색깔로 변해 갔다. 오렌지색의 끝은 연한 노란색이었다가 차츰 파란색으로 바뀌었다. 그러데이션으로 물들어 있는 하늘. 그 하늘의 끝은 항상 푸른색이었다.

사위가 옻빛으로 물들자 비상 조명등이 하나 둘 팍팍 켜졌다. 아이들은 더 이상 항구로 들어오지 않았다. 밤늦게까지 항구로 들어온 아이들은 모두 이십 명이었다. 상재와 나는 Q가 마련한 허름한 숙소로 기어들어갔다.

그렇게 며칠이 흘러가고 서로 몸을 묶은 두 아이의 시신이 항구에 도착하던 날, 상재는 항구를 떠나가 버렸다. 미처 내가 말릴 새도 없었다. 나는 그를 찾지 않았다. 마음을 추스르고 그가 다시 나타날 거라고 믿었다. 나는 상재의 몫까지 하느라 정신없이 바빴다. Q는 아침마다 나를 만나면 그 씨발새끼라고 욕했다. 나는 그 욕을 묵묵히 받았다. 항구의 유체 수습은 막바지로 접어들었다. 더 이상 나올 유체가 없을 즈음, 나는 강원도 영월의 어느 파출소에서 전화를 받았다. 상재와 가희가 절벽 아래에서 시체로 발견되었다는 연락이었다.

절벽 아래에는 동강이 흐르고 있었고 새벽이 되면 푸른 안개가 올라오던 곳이었다. 그와 내가 자주 가던 촬영 포인트였다. 상재는 가희를 절벽에 세워 안개에 휩싸인 그녀의 실루엣을 찍으려고 했을 것이다. 왜 하필 그곳이었을까? 상재는 가희의 모습을 찍으며 항구에서 겪은 일들을 잊으려고 했던 걸까? 그는 가희에게 더 뒤로 가라고 요구했을 것이다. 가희는 상재를 보며 뒷걸음질 치다가 발이 미끄러졌고 그는 가희에게 뛰어가 그녀의 몸을 잡으려고 했겠지. 그러다가 둘 다 절벽 아래로 떨어졌을 것이다. 그게 나의 빈약한 상상이었다.

나는 경찰과 함께 병원으로 갔다. 기이하게도 두 사람의 푸른 몸은 바싹 붙어 있어 잘 떨어지지 않는다고 했다. 경찰에게 나의 이력을 간단히 설명한 후 나는 두 사람의 유체를 찍었다. 카메라의 메모리카드에는 두 사람의 몸이 무미건조하게 담겼다. 경찰관이 낡은 가방을 나에게 전해주었다. 책 한권과 430EX 플래시가 들어 있었다. 병원 문을 나서니 하늘에 잿빛이 가득했다.

두 사람의 장례식을 치른 후 나는 진도로 돌아가지 않고 남도 땅을 방황했다. 수많은 죽음들에 휩싸인 채 나는 밤마다 악몽을 꾸었다. 하루에 한 끼도 먹지 않고 날마다 소주를 마셨다. 일주일을 그리하니 투명한 물똥이 나왔다. 비칠거리는 걸음으로 어느 횟집 앞을 지나다가 수족관에서 움직이는 물고기들을 보았다. 그제야 생각났다. 내 원룸에도 물고기가 있다는 것을. 나는 원룸으로 돌아갔다.

한 달 만에 원룸에 들어서니 역한 냄새가 났다. 구라미와 엔젤 피쉬가 죽은 채로 물 위에 떠 있었다. 두 놈은 썩어가고 있었다. 다행스럽게도 레인보우 샤크들은 살아 있었다. 놈들은 바닥에 웅크린 채, 최대한 움직이지 않고 떨어진 사료를 먹으며 에너지를 비축했던 것이다.

나는 원룸 바닥에 그대로 누워버렸다. 그저 새하얗게 잊고 싶었다. 내 입술은 메말랐고 두 손의 피부는 건조했다. 그냥 이대로 영원히 잠들고 싶었다. 사흘 만에 겨우 일어난 나는 오층 창가에 기대어 달맞이 고개를 내려다보았다. 멀리 해월정 앞의 계수나무는 여전히 푸른 잎을 간직했고, 산책하는 사람들은 미소를 띠고 있었다. 별천지였다. 어쩜 같은 하늘 아래 이렇게 다른 세상이 존재하는지. 항구에 있을 때 온몸을 분해할 듯 몰려왔던 아픔과는 너무 판이했다. 서서히 그 아픔이 사그라질 즈음, 내 머릿속에는 무수히 많은 언어들이 떠돌기 시작했다.

'아, 망했다. 마지막 할 말은 남기고 죽어야 할 것 같은데.' '동생아, 이번 일로 죽을 것 같으니 너는 절대 수학여행 가지 마라.' '나 아빠한테 간다.'

나, 아빠한테 간다…… 어떤 남학생이 메신저로 누나에게 남긴 언어가 왜 이리도 생경한지. 나는 카메라를 창밖으로 향했다. 뷰파인더 안의 세상은 여전히 사각형이었다. 완벽한 틀 안에 갇힌 작은 세상은 나의 피사체였다.

상재야. 피사체는 반드시 한 점을 갖고 있다. 그 점만 잘 찾으면 너의 사진은 완성된 것이다.

머릿속에 상재의 음성이 맴돌았다. 형, 나는 아직 못 찾았어. 형은 그 먼 곳에서 찾았어? 새벽 푸른 안개 속에 젖어가는 가희의 실루엣 속에서 발견한 거야?

나는 오랜만에 수족관을 청소한 후, 물 위에 먹이를 뿌렸다. 샤크는 여전히 올라오지 않았다. 카톡 문자창은 Q

의 욕설로 도배되어 있었다. Q는 중간에 간 것은 용서할 테니 찍은 사진이나 빨리 보내달라고 독촉했다.

촬영한 사진들을 나는 분류하기 시작했다. 일차 분류를 끝낸 후에 유튜브로 여객선이 침몰하는 영상을 반복해서 보았다. 속옷 차림으로 구조선에 올라가는 선장의 모습은 언제 봐도 기괴했다. 항구에 도착한 선장은 살아 있음에 무척 안도하는 표정이었다. 유치장에 갇힌 선장은 젖은 돈을 태연히 말리며 밥도 잘 먹고 낮잠도 편히 잔다고 했다. 탈출한 선장과 선원들은 프로가 아니었다. 그냥 비루한 아마추어들이었다. 삼백의 푸른 생명들은 추레한 그들의 손에 맡겨져 있었다.

그냥 꿈이었다. 나는 참으로 어이없는 꿈을 꾼 것이었다. 상재와 가희가 푸른 몸으로 발견된 것도 꿈이었다. 나는 그들의 푸른 몸을 메모리카드에 차곡차곡 담아 두었다. 두 사람은 이제 수백만 개의 바이트로 존재하게 될 것이다. 바다에 잠겼던 아이들의 몸 역시.

분류한 사진을 Q에게 전송한 나는 다시 원룸 바닥에 누웠다. 두 눈이 스르르 감겼다. 감긴 눈동자 사이로 두 아이의 모습이 나타났다. 너무나 명징하게 떠오르는 두 아이는 선인장처럼 메말라 있었다. 두 손을 꼭 붙잡고 뿌연 바다 위로 떠오른 아이들. 남자아이는 감색 잠바를 입었고, 여자아이는 레드 바이올렛 카디건을 걸치고 있었다. 손을 잡은 것도 모자라 밧줄로 두 몸을 동여맨 아이들. 서로의 몸을 묶으면서 두 아이는 살 수 있다는 희망을 가졌을까?

혹시 남자아이는 누나에게 마지막 문자를 남긴 그 아이였을까? '나 아빠한테 간다'는 메시지를 남긴 그 아이. 여학생은 마지막 문자를 보내는 그 아이를 우두커니 바라보았을지도 모르겠다. 가엾고 서러웠겠지. 아니 두 아이는 가여움도 서러움도 느끼기 전에 검푸른 물을 만났겠지. 순식간에, 너무나 순식간에.

두 아이가 떠오른 것은 배가 침몰하고 사흘이 지난 뒤였다. 그날 상재와 나는 읍내의 여관방에서 잠시 눈을 붙이고 있었다. 사흘 내리 밤샘 촬영을 하고 나니 너무 피곤했다. 한참 동안 꿈속을 헤매고 있을 때 휴대폰이 울렸다. Q였다.

야, 빨리 뛰어와. 플래시 챙겨서. 그는 신경질적으로 외쳐댔다. 개자식! 욕설을 내뱉으며 상재는 주섬주섬 옷을 챙겨 입었다. 나는 입에서 단내가 나는 것을 겨우 참으며 카메라 스트랩을 어깨에 걸쳤다.

상재와 나는 퀭한 눈을 한 채 항구로 갔다. 연붉은 안개가 바람 따라 일렁이고 있었다. 짙은 선글라스를 쓴 Q가 머리를 흩날리고 있었다. 우리는 그에게 일당을 받는 시다였다. 놈이 프로사진가라면 우리 역시 프로사진가였다. 허나 놈과 우리 사이에는 처세술과 기회 포착이라는 넓고 긴 강이 있었다. 우리는 아무리 해도 그 강을 건널 수 없었다. 세상은 Q와 같은 놈들이 큰소리치며 살아가는 곳이었다. 그래도 우리는 하찮은 일일지라도 최선을 다했다. 열심히 하다 보면 진가를 알아줄 거라고 생각했다. 선장과 선원들은 최선을 다할 생각조차 하지 않았다. 그들은 철저히 아마추어였다.

그날은 이상하리만치 항구의 분위기가 싸늘했다. 사고가 난 이후 항구는 늘 음울했지만 그날만큼은 더 암울했다. 통곡하고 원망하는 기운이 아니었다. 그건 그냥 울부 짖음이었다.

무슨 일이야? 나와 상재는 마뜩잖은 얼굴로 Q에게 다 가갔다. 대답 대신 놈은 턱으로 선착장을 가리켰다. 사람 들이 무언가를 빙 둘러싼 채 침묵을 지키고 있었다.

상재는 카메라를 들이밀며 사람들 틈을 비집고 들어갔 다. 나도 그 뒤를 따라갔다. 들 것 위에는 두 아이의 시 신이 놓여 있었다. 여드름이 가득 핀 남학생과 예쁘장한 여학생이 끈으로 서로의 몸을 묶은 모습이었다. 여학생 의 눈썹에 투명한 물방울이 맺혀 있었다. 남학생의 허리 에 끈이 묶여 있었고 그 한쪽 끝이 여학생의 허리를 단단 히 동여매고 있었다.

그 모습을 본 상재와 나는 절로 한숨을 쉬었다. 희미한 는개처럼 두 아이의 얼굴에 물기가 어려 있었다. 하얀 얼 굴들이었다. 그 얼굴들에 핀 입술산은 꼿꼿이 하늘을 향 해 있었다. 두 아이의 손톱은 몽땅 빠져 있었고 두 주먹 은 피멍이 든 채 짓이겨져 있었다. 물이 차오르는 순간 에 손가락으로 창문을 긁고 주먹으로 출입구를 쳐댄 처절한 흔적이었다.

뭐 해? 지금이야. 우라질 놈의 Q가 채근했다. 나는 플래시를 터트리며 촬영해야 했다. 매뉴얼 모드였고 조리개 값은 F5.6이었다. 5.6은 무리수 2를 네 번 곱한 값과 근사치였다. 카메라의 조리개 값은 무리수 2를 기반으로 한 것이다. 플래시 빛을 받은 아이들의 얼굴에 하얀 빛의 향연이 펼쳐졌다. 무리수 2가 아이들의 얼굴 위로 우수수 떨어졌다. 이제 이 아이들은 무리수 2를 영원히 보지 못하겠지.

내가 두 아이의 모습을 촬영하는 동안 상재는 미동도 하지 않았다. 촬영을 마치고 여관방으로 돌아가는 길에도 상재는 아무런 말이 없었다. 그는 선착장의 볼라드에 앉아 밤바다를 바라보며 오래도록 담배를 피웠다. 괜히 나는 미안한 마음이 들었다. 두 아이의 유체를 촬영한 것이 못내 마음에 걸렸다.

민규야, 이건 사람의 할 짓이 아닌 것 같다. 더 이상 아이들을 못 찍겠어.

형, 그건 나도 마찬가지예요. 허나 우리는 그들을 기록

할 의무가 있어요.

우리는 깊은 침묵을 지켰다. 멀리 선착장에서 욕설과 고함이 들려왔다.

민규야, 나는 떠나야겠다. 가희를 만나야겠어. 형, 그게 무슨 소리야? 씨발, 너나 찍으라고! 나는 이제 이곳에 못 있겠어! 너도 봤잖아? 두 아이의 피멍 든 손을. 형, 냉정하게 피사체를 바라봐야지. 다큐 사진은 재현이 아니라 해석이라고 말했잖아?

뭐, 냉정하게? 재현이 아니라 해석이라고? 그래 내가 말했지. 그런데 다 좆같은 소리였어. 여태껏 내가 찍은 다큐 사진은 다 구라야. 나는 이제 사진을 못 찍겠어. 두 아이의 몸을 묶은 밧줄, 손톱이 빠진 두 손. 그, 그걸 어떻게 해석하냐고!

상재는 이곳에서 본 모든 장면들을 잊고 싶다고 울부짖었다.

씨발, 그냥 여자 사진이나 찍는 게 나아. 아무 생각 없이 여자 사진이나.

나는 아무 말도 할 수 없었다. 상재가 그렇게 흔들린다고 결코 상상하지 못했다.

　PC 모니터에 두 아이의 하얀 얼굴이 박혀 있다. 불현
듯 나는 카메라의 뷰 파인더로 모니터를 보고 싶은 생각
이 든다. 사각형 파인더 안에 박힌 사각형 모니터. 나는
한참 동안 두 개의 사각형을 통해 두 아이의 얼굴을 쳐다
본다. 옆에 있는 수족관으로 파인더를 돌린다. 레인보우
샤크는 여전히 바닥에 웅크리고 있다.

　야, 찌, 찍사. 뭘 그리 멍청하게 쳐다보냐? 나는 놀라
뒤돌아본다. 어느새 길동이 원룸 안으로 들어온 모양이
다. 추레한 잠바를 손에 든 그의 몸이 건들거린다. 술 냄
새가 그의 입에서 심하게 난다. 촬영 후에 시장통 술집에
서 퍼마신 모양이다. 창밖에는 놀빛이 청사포 바다를 물
들이고 있다.

　촬영은 잘 됐어? 씨바. 오늘은 모델이 영 아니더라. 야,
맥주 좀 사 오니라.

　나는 과히 달갑지 않은 표정으로 일어선다. 그러나 맥
주를 사주지 않으면 쉽게 갈 길동이 아니다. 몇 캔을 먹

이고 빨리 보내야 한다.

TV 보고 있으소. 아무것도 건드리지 말고. 그래. 가만히 있을게.

나는 어딘가 불안하지만 빨리 갔다 오기로 한다. 십 분 후에 다시 원룸 입구로 돌아오니 길동이 후다닥 뛰쳐나간다. 몸에 물이 흥건하다. 길동은 도망가면서 미안하다고 외친다. 혹시? 나는 서둘러 원룸으로 올라간다. 예상대로다. 원룸 안은 엉망이 되어 있다. 바닥에 물이 흥건하고 수족관이 넘어져 있다. 화장실로 가려던 길동이 휘청거리면서 수족관을 자빠뜨린 것이다.

급히 맥주를 집어던지고 나는 샤크부터 찾는다. 방바닥을 이리저리 살폈지만 샤크는 어디 갔는지 보이지 않는다. 조금만 늦으면 놈들은 죽을 것이다. 마음이 급해진다. 어서 빨리 찾아야 하는데. 그렇게 몇 분 지났을까? 마침내 구석진 곳에서 나는 샤크를 찾아낸다. 급히 손으로 집어 본다. 미동도 하지 않는다. 나는 희망을 놓지 않는다. 재빨리 세면대로 달려가 물을 틀고 샤크들을 그 속에 집어넣는다. 몇 초간 놈들은 움직이지 않다가 꼬리를 꿈틀거리며 서서히 움직인다. 샤크들은 이내 몸을 움직이며 좁은 세면대 안을 돌아다닌다. 그 모습을 지켜보면서 갑자기 내 눈에서 굵은 눈물이 뚝 뚝 떨어진다. 나는 극적으로 샤크 두 마리를 살린 것이다. 두 아이도 이렇게 살릴 수 있었다면⋯⋯

세면대를 붙잡고 눈물을 흘리던 나는 구석에 쪼그려 앉아 지난 일 년 간 참았던 울음을 토해내고 만다. 상재와 가희를, 항구에서 만났던 수많은 아이들을, 몸을 묶은 채로 떠 오른 두 아이가 울음에 섞여 흘러나온다. 비로소 나는 아이들을 내 심장 속에서 떠나보낸 것이다.

화장실에서 나오니 짙은 어둠이 방 안에 가득하다. 창 밖으로 달빛이 들어온다. 오늘은 블러드 문이 뜨는 날이다. 가방 안에 사진과 책, 카메라를 집어넣고 나는 원룸을 나선다. 달맞이 고개를 넘어 청사포항으로 걸어간다. 항구에 도착한 나는 테트라포드 위로 올라간다. 눈앞에 검은 바다가 차갑게 앉아 있다. 나는 라이터로 두 장의 사진에 불을 붙인다. 상재와 가희, 두 아이의 얼굴이 불꽃 사이로 일렁거린다.

막걸리를 바다 위로 뿌린다. 검푸른 바다 위로 탁한 물이 사르르 풀린다. 나는 반쯤 타 들어간 두 장의 사진과 '플래시 촬영 방법'을 바다로 던진다. 블러드 문이 물결 사이로 나타났다가 사라지고 사진과 책은 이내 가라앉는다. 나는 그 장면을 430EX가 장착된 디에쎄랄로 찍는다. 하얀 빛이 두 아이의 얼굴에, 상재와 가희의 얼굴에 쏟아진다. 순간, 네 사람의 얼굴에 한 점이 나타났다가 사라진다. 그리도 찾아 헤매던 한 점이다. 착각이라도 좋았다.

초산마을의 푸른 달빛

하현달이 푸른빛을 띤 채 서쪽으로 넘어가고 있다. 그는 대청마루에 서서 우울한 빛을 띠고 있는 조각달을 쳐다보았다. 형 징옥의 얼굴이 달 끝에 희미하게 걸려 있다. 삼월이라지만 새벽바람은 몹시 차가웠다. 그의 등뼈를 따라 조르르 흘러내린 식은땀이 얼음 칼처럼 날카롭게 느껴졌다.

그가 노루잠을 자면서 꾸었던 꿈은 너무 또렷했다. 형형한 눈빛을 가진 형은 붉은 갑주를 입었고 긴 칼을 허리에 차고 있었다. 긴 턱 수염을 휘날리는 형의 얼굴은 근엄

하였고 목소리는 우렁우렁했다. 놋쇠 미늘을 철럭이며 이징옥은 북방으로 떠날 차비를 했다. 어린 징규는 떠나는 형을 붙잡고 눈물을 흘렸다. 형은 가야 한다며 어린 징규를 달래었다. 그래도 징규가 울음을 그치지 않자 형은 염주를 하나 주면서 은근한 목소리로 말했다.

  ― 형이 보고 싶거나 네가 위험에 처했을 때 이 염주를 하늘로 던지렴. 그럼 언제든지 이 형이 나타날 테니까.

  징규는 그 염주를 보자 신기하게 울음을 그쳤다. 비로소 형은 그윽한 미소를 지으며 힘차게 말위로 올라갔다.

  그는 왼 손에 잡은 염주를 천천히 돌리며 나무아미타불을 중얼거렸다. 유가의 나라에서 불심을 받드는 것은 불충이었지만, 지금 이 순간 그거라도 외지 않으면 마음이 너무 허전할 것 같았다. 육 년 전에 이징옥은 함길도 종성에서 부하의 손에 비참한 최후를 맞았다. 감히 대금 황제라 참칭한 죄였다. 남만주 오국성에 도읍을 정하고, 여진족들의 추대로 황제의 위에 오르기로 약조되었던 형이었다. 그가 수양대군이 임명한 함길도 절제사 박호문을 죽일 때까지만 해도 모든 것은 일사천리였다.

수양대군은 계유정난을 일으켜 단종의 충실한 신하였던 김종서를 제거하고 정권을 장악했다. 이징옥은 김종서의 부하였다. 수양대군은 그를 도절제사 직에서 면직시키고 박호문을 파견했던 것이다. 처음에 영문을 모른 채 도성으로 향하던 이징옥은 뒤늦게 모든 것을 알게 되었다. 분노한 그는 바로 군사를 돌려 박호문을 죽였지만 안타깝게도 역사는 그의 편이 아니었다. 그의 혁명은, 아니 그의 반란은 단 삼 일 만에 허무하게 끝나고 말았다.

　새벽달이 마을 뒷산을 넘어가기 위해 안간힘을 쓰고 있었다. 묘시가 시작된 것 같았다. 징규는 대청마루에서 내려와 흑단처럼 어두운 마당을 가로질렀다. 대문 옆에는 이엉을 얹은 초라한 누옥이 한 채 있었다. 주위가 고요한 탓에 초가집 안에서 자고 있는 춘석의 숨소리가 다 들릴 지경이었다. 그는 행여 식솔들이 깰새라 조용히 대문을 열고 집 밖으로 나갔다. 달에서 나온 은빛이 고샅길 위에 희미하게 깔렸다. 징규는 그 빛에 의지해 더듬더듬 황톳길을 밟기 시작했다.

　열흘 전에 짐을 꾸려 내려온 고향 마을이었다. 오랜만

에 내려온 고향은 변함없는 모습으로 징규를 맞이했다. 맑고 투명한 물빛을 자랑하는 양산천은 여전히 마을 입구를 적시고 있었다. 가끔 은어와 누치들이 물 밖으로 나와 숨을 쉬기도 했다. 삼십여 호의 작고 평화로운 마을. 그 가운데에는 적당한 넓이의 논밭이 있었고 양산천 너머에는 천성산이 수묵화처럼 앉아 있었다. 마을 뒤편에는 천태산, 토곡산, 신불산이 위세 당당한 장수처럼 마을을 옹위했다. 전형적인 배산임수의 지형. 모든 산들의 정기가 함께 모여 있는, 포근하면서도 은근한 기운이 넘쳐나는 곳, 바로 초산마을이었다.

– 보아라.

주상은 엎드린 징규 앞에 여러 개의 상소문을 집어던졌다. 죄인이라 여기며 무명옷을 입은 징규는 미동도 하지 않은 채 엎드려 있었다. 차가운 공기가 대전 안에 싸늘하게 감돌았다.

– 너희 집안을 멸문하라는 상소가 하루에도 수 십 개씩 들어오고 있다. 짐은 그동안 너희들을 살리려고 무진

애를 써왔다. 그런데 징규 네 놈의 세치 혀가 모든 걸 망쳐놓았어!

　– 네 놈의 세치 혀가 모든 걸 망,쳐,놓,았,어!

징규의 귀에 주상의 엄정한 목소리가 맴돌았다. 그는 갑자기 어지럼증이 일어 가던 길을 멈추었다. 저도 모르게 깊은 한숨이 흘러나왔고 온몸에 소름이 돋았다. 주상의 음성은 날카로운 창처럼 그의 심장을 후비고 들어왔다. 격노한 주상의 용안 또한 그의 머릿속을 떠나지 않았다.

그는 형 징옥의 이름을 나지막이 불러 보았다. 오늘따라 형이 너무 보고 싶었다. 아무리 생각해봐도 자신의 잘못은 없었다. 호시탐탐 그를 주살하려는 사특한 공신들이 그의 실수를 놓치지 않았을 뿐이다. 주상도 그들의 입김을 무시할 수 없었다. 왕좌를 차지하기 위한 과정에서 그들의 도움이 너무 컸고, 그들이 조정의 모든 것을 장악하고 있었다.

주상과 독대하는 날, 징규는 몸 둘 바를 몰랐다. 이징옥의 반란이 실패로 끝나고 그와 두 아들이 죽임을 당한 지도 어언 육 년의 세월이 흐른 때였다. 이상한 일이었다. 누가 보더라도 멸문지화를 당할 집안이었다. 허나 어찌된 일인지 주상은 이징옥의 식솔들만 벌하고는 그의 형제들인 징석과 징규는 살려두었다.

– 전하, 죽여주옵소서. 하해와 같은 은혜로 살아남은 제가 감히 역적을 두둔하는 말을 하였나이다. 어찌 전하의 나라에서 살 수 있겠나이까?

징규는 피를 토하듯이 황망한 심정으로 말했다.

– 이 나라를 개창할 때부터 너희 집안은 충실한 신민이었다. 태종 대왕께서는 너희의 조부를 양산 부원군으로 책봉하셨고, 그로 인해 너희가 태어난 곳이 양산이란 이름마저 얻었다. 너희 삼 형제 또한 왕실과 나라를 위해 수많은 일을 하였다. 짐이 어찌 그걸 모르겠는가?

주상의 음성에는 안타까움과 진노가 절절히 배어 있었다. 날이 이미 저물어 대전 안에 칠흑 같은 어둠이 몰려왔다. 내시들이 상아 촛대에 불을 밝히려 하자 주상은 손을 저어 그들을 물리쳤다. 짙은 어둠 속에서 주상과 이징규는 오랫동안 침묵을 지켰다. 두 사람의 숨소리가 서로에게 들릴 듯 사위는 무섭도록 유적했다.

－ 나중에 따로 연통할 터이니 그만 물러가라.

이 말을 끝으로 주상은 홀연히 옥좌를 내려왔다. 용포 자락을 휘날리며 주상이 나가고 난 뒤에도 징규는 한참을 부복해 있었다. 상선이 다가와 물러가라고 하자, 그는 겨우 자리에서 일어나 대전 마당으로 나갔다.

한명회 일파는 이징옥의 반란 이후 두 형제를 주살하라고 끊임없이 상소문을 올렸다. 가시 방석도 그런 가시 방석이 없었다. 공신들의 눈치를 보며 겨우 겨우 연명한 집안이었다. 허나 주상은 꼼짝도 하지 않았다. 아무리 공신들이 주청을 드려도 두 형제에게 벌을 주지 않았고, 오히려 높은 벼슬을 하사하여 곁에 두었다. 그게 외려 두 형제를 불안하게 했다. 역심을 품은 집안이 아닌가? 그런 집안을 용서하는 주상의 심사는 무엇이란 말인가?

징규는 대전 마당에 서서 밤하늘을 올려 보았다. 흐릿한 가운데 북극성이 외로이 빛나고 있었다. 저 별은 누 천년에 걸쳐 밝게 빛났고 앞으로도 빛날 것이다. 멸문지화를 당하면 그것 또한 징규 집안의 운명일 것이다. 밤바람이 징규의 무명 옷 사이로 날카롭게 파고들어 왔다. 춥다고 느낄 마음의 여유조차 징규에게 남아 있지 않았다. 모든 것은 덧없는 것이거늘…… 징규는 고개를 떨군 채 서서히 대전 마당을 빠져 나갔다.

그가 마당을 빠져나가는 모습을 한명회와 홍달손 등이 멀리서 지켜보고 있었다. 홍달손은 허리에 매달린 칼을 만지며 빠드득 이빨을 갈았다.

- 반드시, 반드시 저 자를 죽여야겠어.

한명회는 야살스럽게 중얼거렸고 곁에 선 자들도 고개를 끄덕였다. 그들의 머리 위에 떠 있는 초승달에서 음산한 빛이 흘러나왔다.

징규는 천천히 고샅길을 지나 야트막한 언덕 위로 올라갔다. 묘시가 중반에 접어들었는지 멀리 동편 하늘이 희멀겋게 밝아 왔다. 어느새 마을에 하얀 빛이 음전하게 깔렸다. 그가 올라선 언덕에도 연노란 빛이 내려앉았다.

초록 풀을 밟으며 마을을 내려다보던 징규는, 이곳을 선택했던 아버지의 혜안을 새삼스레 떠올렸다. 풍수의 대가이자 문무를 겸비했던 아버지 이전생. 암행어사를 하다가 초산마을이 천하명당임을 알아보고 이곳에 정착하셨던 분이었다. 삼 형제 중에서 가장 아버지를 닮은 사람이 바로 이징규였다. 그는 무인답지 않게 눈빛도 부드러웠고 얼굴도 관옥 색이었다. 거친 전장 판에서도 늘 책과 붓을 놓지 않았다.

징규는 막막궁산처럼 앉아 있는 천성산을 지그시 쳐다보았다. 울연한 편백나무 숲을 지나면 원효대사가 짚으로 북을 만들었다는 짚북재가 나타났다. 그곳에는 삼 형제의 질긴 비원이 서려 있었다. 그는 불현듯 짚북재로 올라가고 싶었다. 곧이어 사월이 되면 드넓은 화엄벌에 벌거우리한 진달래꽃이 지천으로 필 것이다. 화엄벌은 부드러운 처녀의 젖가슴처럼 완만한 곡선을 이룬 평야였다. 아주 오래전부터, 그들 형제는 허기가 질 때마다 농홍한 진달래꽃을 입안에 털어 넣었다. 쌉싸래하면서도 들큰한 꽃 살을 씹으며 그들은 산길을 뛰어다녔다.

- 장군님, 봄바람이 찹니다. 그만 들어가시지요.

징규가 문득 눈을 돌려 아래를 보니 춘석이 걱정스런 눈빛을 하고 있었다. 검게 그을린 얼굴에 또골또골한 눈매. 한양에서 여기까지 자신을 따라 온 충성스런 수하였다.

- 바람이 무척 청아하구나. 나는 괜찮으니 너는 들어 가거라.

- 아닙니다. 장군님. 저도 여기 있겠습니다.

징규는 잠시 춘석을 보다가 다시 천성산 쪽으로 고개를 돌렸다. 저 산의 깊은 숲속에는 이슬을 맞은 솔잎들이 차갑게 번들거릴 것이다. 사월이 오면 온 산의 나무들이 녹의홍상을 입을 채비를 하겠지. 징규는 짚북재로 올라가리라 마음먹었다.

- 춘석아, 차비를 해서 나를 따라 오너라.

- 예. 장군님.

춘석은 쏜살같이 집으로 달려갔다. 갑자기 징규의 마음 한구석에 분노가 일렁거렸다. 마음 같아서는 당장 군사를 일으켜 한명회 일파를 처단하고 싶었다. 과도한 뇌물을 요구하는 명나라 사신 황석을 주상 앞에서 질타한 것이 그리도 큰 죄란 말인가? 하긴 죄라면 죄였다. 가형 이 징옥도 예전에 명의 사신 윤봉의 행위를 징치하였다고 말했으니. 놈들은 그의 입에서 이징옥이라는 이름이 나오자마자 역적을 두둔한다며 벌떼처럼 들고 일어섰다. 역적의 형제는 어쩔 수 없다며 반드시 그 죄를 물으라고 주상을 압박했던 것이다.

징규는 손에 쥔 염주를 움켜잡으며 입술을 깨물었다. 그는 왼손으로 천천히 염주 알을 돌리면서 분노를 가라앉혔다. 그가 황석의 무례함을 지적할 때 주상은 징규의 의견에 귀를 기울였었다. 허나 그의 입에서 이징옥이란 말이 나오자 갑자기 주상의 용안이 굳어져 버렸다. 안타까움과 실망, 진노가 용안에 서려 있었다. 주상은 공신들의 주청을 물리치고자 했으나 결국엔 징규에 대한 국문을 명하고 말았다. 국문이 끝난 후 징규는 의금부에 하옥되었다.

그때가 작년 겨울이었다. 한명회 일파는 이때다 싶어 징규를 주살하라고 주청을 넣었다. 그러나 주상은 이번에도 그들의 요구를 무시했다. 하옥된 지 삼 개 월이 지난 후, 주상은 징규를 외방 종편시키는 것으로 마무리했다.

― 장군님, 차비가 끝났습니다.

징규는 춘석의 말에 감았던 눈을 뜨고 언덕을 내려갔다. 가죽옷을 입은 춘석은 봇짐과 활을 어깨에 메었다. 그의 오른 손에는 장검이 들려 있었다.

태양이 떠오르기 시작한 걸로 보아 묘시가 지나고 인시가 시작된 듯했다. 여명이 온 마을을 감싸고 있었다. 두 사람이 마을 어귀를 지나 다리를 지날 때였다. 다리 아래에서 그들을 지켜보는 네 명의 사내가 있었다. 범강장달이처럼 생긴 사내들에게선 살기가 흘러나왔다. 모두 검은 옷에 삿갓 차림이었고 장검을 들고 있었다. 사내들은 조심스레 그들의 뒤를 밟기 시작했다.

다리를 건넌 징규와 춘석은 내원사 계곡을 거쳐 천성산으로 올라갔다. 사내들도 조심스레 그들의 뒤를 따라갔다. 춘석은 가끔 야릇한 기분을 느껴 뒤를 돌아보았다. 그의 기척에 사내들은 잽싸게 풀숲에 숨었다. 하늘에는 은빛 구름이 흐르고 있었고, 구름과 땅 사이에는 서늘한 공기가 떠다녔다.

내원사 계곡은 제2의 금강산이라 불릴 정도로 천하 절경을 가진 곳이었다. 계곡에는 푸른 옥가루를 풀어놓은 물줄기가 쉴 새 없이 흐르고 있었다. 쏴아 하며 흘러가는 물소리가 있는가하면, 와당탕 거리며 포효하는 물소리도 있었다. 얕은 물에는 징검다리요 깊은 물에는 섶다리가 놓여 있었다. 이제 얼마 있으면 짚북재가 나타날 것이다.

징규는 도중에 울창한 대숲을 만났다. 바람이 차갑게 불어와 대나무 잎을 심하게 흔들고 있었다. 징규는 대나무 잎을 바라보며 한 여인의 얼굴을 떠올렸다. 남편을 잃고 슬피 울던 여인의 곡소리가 댓잎 사이로 들려오는 것만 같았다. 그 여인은 아직도 산중에 살고 있을까? 그 여인이 살아 있다면 지금쯤 하얀 잔설이 머리에 앉아 있으련만.

— 장군님, 어디까지 가실 생각입니까?

— 짚북재까지 가자꾸나.

짚북재로 가는 길은 험난했다. 올라가는 길도 가팔랐고 낙엽이 덮였던 흙은 고슬고슬하고 부드러워 두 발이 푹푹 빠지기도 했다. 겨우내 떨어진 낙엽이 켜켜이 쌓여 있어 산길이 잘 보이지도 않았다. 가끔 솔잎이 소쇄하게 바람에 날렸다. 징규와 춘석은 한 걸음 한 걸음 내디디며 힘겹게 짚북재로 향했다.

마침내 두 사람은 울창한 산길을 지나 넓은 평지에 도착했다. 키 작은 풀들이 무성했고 억새들이 산들바람에 흔들리고 있었다. 징규는 나무껍질이 흉하게 벗겨진 소나무와 그 뒤의 용바위를 보고는 비로소 짚북재에 당도했음을 깨달았다. 까마득한 옛일이 주마등처럼 그의 머리를 스치고 지나갔다. 춘석은 소나무 밑에 무명천을 깔고 물과 감자를 봇짐에서 꺼냈다.

그것은 찰나의 순간이었다. 삼 형제는 모두 대호의 아가리에 작심한 듯이 고개를 들이밀었고, 대호는 웬 떡이냐는 투로 그들의 머리를 우두둑 씹어버렸다. 그렇게 삼 형제는 한날 한시에 대호의 목구멍 속으로 넘어갔다. 그리고 그것은 그들의 선택이었다.

원래 삼 형제는 천성산 자락에 살던 화전민의 자식들이었다. 어려서 아비를 잃었고 청년이 되어서는 병든 어미를 땅에 묻었다. 맏이가 스무 두 살, 그 아래로 두 살, 다섯 살 터울의 동생들이 있었다. 삼 형제 모두 기골이 장대하고 힘이 장사였다. 예로부터 천성산 자락은 용맹한 장수들이 많이 태어나기로 유명한 곳이었다. 삼 형제는 모두 장수가 되고 싶었다. 뛰어난 장수가 되어 오랑캐와 왜구로부터 나라를 지키는 동량이 되고 싶었다. 그러나 그들은 천민의 자식들이었다. 아무리 노력해도 화전이나 일구며 근근이 살아가야 하는 신분이었다.

계절이 가을의 막바지로 접어들던 어느 날이었다. 전나무와 가문비나무들이 여름 내내 잘 키웠던 잎들을 땅으로 뿌리던 날이기도 했다. 언제나처럼 삼 형제는 지게 가득 나무를 지고 짚북재 근처 집으로 가고 있었다. 짚북재에 이른 삼 형제는 주먹밥을 우걱우걱 씹으며 산짐승처럼 두 눈을 부라렸다. 언제 어디서 화적떼가 나타날 줄 몰랐다. 삼일 전에도 화적떼가 옆 동네를 마구발방으로 헤집어 놓고는 처녀들을 약탈해갔다.

삼 형제가 밥을 거의 다 먹을 즈음이었다. 흰머리와 흰 수염을 바람에 휘날리며 하얀 옷을 입은 스님이 그들이 있는 곳으로 다가왔다. 스님은 마치 구름에서 내려온 듯 신비롭고 아득한 향훈을 풍기고 있었다. 그들은 스님을

경이로운 눈으로 쳐다보았다. 그들 가까이 다가온 스님은 석장을 힘껏 땅에 꽂은 후, 그윽한 음성으로 물이 있으면 나눠달라고 했다. 당황한 맏이가 보자기에서 가죽 물통을 꺼내 진중한 자세로 바쳤다.

노스님은 물을 조금 드시고는 한마디 툭 던졌다.

— 아깝도다. 좋은 집안에 태어났으면 나라를 구할 동량이 되었을 것을.

스님은 가죽 물통을 맏이에게 주고 일어섰다. 삼 형제는 화살같이 뛰어가 스님을 가로막고 무릎을 꿇었다.

— 스님. 저희가 그런 동량이 되고 싶습니다.

— 아서거라. 그건 욕심이니라.

— 스님. 저희들이 간절히 원하옵니다. 부디 알려주십시오.

삼 형제는 두 손을 모으며 간절히 빌었다. 울연한 숲속에서는 소쩍새 울음소리와 솔방울이 툭툭 떨어지는 소리만이 들려왔다.

— 한 가지 방법은 있지만 너무 가혹한 것이니라.

— 그것이 아무리 가혹해도 저희는 견딜 수 있습니다.

― 호랑이의 밥이 되어도 좋단 말이냐?

그 말을 듣고 모두 안색이 파랗게 변했다. 호랑이의 밥이라니?

― 너희들 당대에는 결코 될 수 없다. 허나 후대에는 가능할 수도 있다.

그들은 서로를 쳐다보았다. 당대에는 안 되지만 후대에는 된다?

― 그러면 저희들이 다시 태어나야 한단 말입니까?

― 너희가 후대에 양반가에 태어난다면 그리 될 것이다. 너희 중 한 명은 이 나라보다 더 큰 땅을 다스리는 자가 될 수도 있을 것이다.

삼 형제는 눈을 감고 오랜 시간 침묵을 지켰다. 당대의 목숨을 버려야 한다는 것이 계속 그들의 머릿속에 맴돌았다.

― 내일 이 시간에 얼굴이 관옥 같고 두 눈에서 비췻빛이 나는 선비가 나타날 것이다. 그 선비를 대호에게서 구해주거라. 그런 복덕을 쌓고 난 후, 너희는 스스로 대호의 아가리 속으로 머리를 들이밀어야 할 것이다.

그 말을 끝으로 노스님은 홀연히 사라지고 말았다. 구름을 타고 사라졌는지, 맑은 이슬이 되어 땅속으로 스몄는지 모를 일이었다. 다만 스님이 떠난 자리에 석장이 땅에 박혀 있었고 작은 염주가 그 밑에 떨어져 있었다. 하늘에 먹구름이 잔뜩 몰려왔고 곧이어 굵은 빗방울이 쏟아졌다. 삼 형제는 그 비를 맞으며 묵묵히 앉아 있었다. 모두들 서서히 굳은 결심을 하고 있었다.

그 다음날이었다. 흰옷으로 단정히 갈아입은 삼 형제가 용바위 앞에 나타났다. 맏이는 석장을, 둘째는 칼을 손에 쥐었다. 그리고 셋째는 작은 염주를 쥐었다. 그들은 용바위 뒤에서 선비와 대호가 나타나기를 기다렸다.

곧이어 좁은 산길에 낙엽이 바스락거리는 소리가 들려왔다. 터벅터벅 걸어오는 소리가 분명 남자 어른의 발걸음이었다. 삼 형제는 모두 마른침을 꿀컥 삼켰다. 지금이라도 발걸음을 돌리면 살 수 있겠지만, 이대로 가만있으면 호랑이의 밥이 되어 이승을 달리하게 될 것이다.

짚북재에 나타난 선비는 지치고 힘든 표정이었다. 허나 투명한 빛이 흘러나올 정도로 얼굴은 정갈했다. 누가 보더라도 귀인의 풍모였다. 선비는 봇짐을 뒤적여 주먹밥을 꺼냈다. 그가 막 주먹밥을 먹으려는 찰나, 으르렁거리는 소리와 함께 엄청나게 큰 호랑이가 선비의 눈앞에 나타났다.

선비는 너무 놀라 앉은 자리에서 꼼짝하지 못했다. 그의 온몸은 강한 비바람에 난타당하는 대나무처럼 심하게 떨렸다. 대호는 여유를 부리며 선비의 주변을 천천히 맴돌기 시작했다. 선비는 파랗게 질린 얼굴로 용바위 쪽으로 뒷걸음질을 쳤다. 호랑이는 잠시 웅크리는가 싶더니 곧 뛰어오를 자세를 취했다. 일촉즉발의 상황이었다.

– 아아, 이렇게 내 생이 끝나는가?

선비는 체념한 듯 두 눈을 감았다. 그의 얼굴에는 안타까움과 분노가 서려 있었다. 바로 그때, 첫째가 고함을 지르며 호랑이 앞으로 달려갔다. 그 뒤를 둘째와 셋째가 따라갔다. 삼 형제는 선비의 앞을 가로막고 호랑이와 맞서는 자세를 취했다. 고함 소리에 놀란 선비는 눈을 번쩍 떴다. 이럴 수가! 어디에서 나타났는지 기골이 장대한 청년들이 자신과 호랑이 사이에 있다니?

호랑이는 청년들을 보고 잠시 주춤거리다 이내 공격적인 자세를 취했다. 선비는 오금이 저려왔고 두 발이 후들거려다. 그가 안절부절 하는 사이 대호가 석장을 든 첫째를 향해 뛰어올랐다.

첫째는 몸을 뒤로 빼면서 석장으로 호랑이의 대가리를 정면으로 내리쳤다. 호랑이는 고통스러운 표정을 지으며 뒤로 나자빠졌다. 그 틈을 노려 청년들이 대호에게 달려들었다. 첫째가 대호의 목을 움켜잡았고, 둘째는 칼로 대호의 배를 찔렀다. 형들이 싸우는 동안 막내가 선비를 데리고 급히 짚북재를 빠져나갔다. 선비는 막내의 손에 이끌려 정신없이 산길을 뛰었다.

한참을 달렸을까? 어느 순간에 청년이 멀리 떨어져서어서 가라고 손짓을 하고 있었다. 그는 청년에게 같이 가자고 고함을 질렀지만 청년은 희미하면서도 슬픈 미소를 지었다. 얼핏 그의 눈동자에 눈물이 서린 것 같았다. 선비가 주춤거리는 사이, 청년은 뒤돌아서서 짚북재로 다시 뛰어가고 말았다.

선비를 무사히 도피시킨 막내가 다시 짚북재로 왔을 때

는 이미 모든 것이 끝나 있었다. 첫째 형의 몸 절반이 뜯겨져 있었고, 둘째 형의 목과 몸이 분리되어 있었다. 대호는 피 묻은 입가를 입술로 핥으며 셋째에게 유유히 다가갔다. 셋째는 염주를 치켜든 채 목이 터져라 하늘을 향해 외쳤다.

― 하늘이시여! 이제 저희 형제는 저 대호의 입을 빌려 이승을 떠나고자 합니다. 반드시 다음 생에 장군으로 태어나게 해 주소서. 이 염주가 저놈의 목에 걸려 오늘을 기억하는 증좌가 되게 하소서.

이 말을 끝으로 셋째는 염주를 손에 쥐고 호랑이에게 머리를 디밀었다. 대호는 셋째의 머리를 우지끈 씹어버렸다. 막내가 입고 있던 하얀 옷에서 검붉은 꽃비가 흘러내렸다.

이전생은 작은 언덕에 올라서서 는개에 젖어가는 초산 마을을 우두망찰 내려다보았다. 푸른 물안개가 마을 전체를 휘감았다. 언제 보아도 마을은 포근하면서도 은은한 기운을 풍기고 있었다. 한참 동안 마을을 살펴보던 이

전생은 개천 너머 천성산으로 시선을 돌렸다. 숲에서 흘러나온 서늘한 공기가 명징했고, 한 자락 비구름이 산자락에 얹혀 있었다. 산자락을 보자 그의 마음이 울컥해졌다. 그때 일이 너무나 생생했다. 자신이 사람들을 이끌고 짚북재로 다시 갔을 때, 청년들의 시체도 호랑이도 모두 사라지고 없었다. 꿈인지 생시인지, 자신이 실제로 그런 일을 겪었는지 도무지 실감이 나지 않았다.

그는 자신과 헤어지면서 손을 흔들던 청년의 슬픈 눈동자를 잊지 못했다. 옥구슬처럼 영롱한 청년의 눈동자에는 무언가 간절한 비원이 서려 있었다. 그날 이후, 이전생은 자주 천성산에 와서 청년들의 흔적을 찾아보았다. 허나 그 어디에도 그들의 흔적은 없었다. 화전민들에게 물어보아도 뾰족한 답이 없었다. 그렇게 몇 번이나 천성산을 찾았던 이전생은 맞은편 산자락에 앉아 있는 작은 마을을 발견하였다. 그는 그 마을을 보면서 저도 모르게 탄성을 지었다. 온 산들의 정기가 그 마을에 맺혀 있었고 푸른 서기가 켜켜이 쌓여 있었다. 분명 나라의 기둥이 될 인재가 태어날 천하명당이었다.

그는 단호하면서도 신속하게 식솔들을 거느리고 초산 마을로 내려왔다. 그리고 매년 그 청년들이 죽었던 날을 기억하며 작은 제사를 지내주었다. 지금 그에게는 세 명의 아들이 있다. 우연인가 필연인가? 세 청년 장수에 의해 목숨을 구했고, 이 마을에 정착하면서 세 명의 아들을 낳았으니 이 모두가 하늘의 뜻이라고 생각했다.

세 아들은 하루가 다르게 성장하면서 소년 장수로서의 면모를 갖추었다. 무예를 좋아했고 글공부도 게을리하지 않았다. 영민하면서도 기골이 장대한 아이들이었다. 삼 형제는 서로 경쟁하면서 우애를 다졌고 인근 마을에까지 효성스럽고 용맹한 형제로 소문이 날 정도였다.

세월이 흘러 삼 형제 모두 약관을 넘기고 벼슬 공부에 여념이 없을 때였다. 때는 바야흐로 호환의 시대라 할 만큼 호랑이가 온 산에 득시글거렸다. 그에 따라 호랑이에 의한 민폐가 이만저만이 아니었다. 초산마을도 예외가 아니어서 천성산의 호랑이에 의해 이미 여러 명의 사람이 죽은 상태였다. 그걸 보다 못한 이징옥은 징석, 징규에게 호랑이를 잡자고 했다. 형제들 또한 그의 말이 옳다 하여 사냥 차비를 갖추고 천성산으로 당당하게 올라갔다.

삼 형제는 천성산을 샅샅이 훑으며 호랑이를 찾아다녔다. 마침내 호랑이의 발자국을 발견한 그들은 그것을 따라가다가 어느 대숲에 이르게 되었다. 한적한 대숲 입구에는 움막집이 하나 있었는데, 어느 여인의 슬픈 울음소리가 집 밖으로 새어 나왔다. 삼 형제는 한달음에 그 집으로 달려갔다.

– 주인장 계시오?

삼 형제의 외침에 여인의 호곡 소리가 끊어졌다. 잠시 후 얼굴이 피폐하고 왼 팔이 없는 여인이 모습을 드러냈다. 한눈에 보아도 여인은 호랑이에게 팔이 잘린 것이 분명했다. 여인의 옆에는 대 여섯으로 보이는 사내아이가 겁에 질린 표정으로 서 있었다.

– 웬일로 그리 슬피 우십니까?

– 흑흑. 제 남편이 방금 호랑이에게 잡혀갔습니다.

– 예? 그놈이 어느 쪽으로 갔습니까?

– 저 옆의 대숲으로 들어갔습니다.

삼 형제는 대숲 안으로 빨리 들어갔다. 집채만 한 호랑이가 웅크리고 앉아 살과 뼈를 씹어 먹는 소리가 들려 왔다. 그 모습을 본 징석이 활시위를 잡아 당겼다. 징옥은 큰 창을 오른 손에 잡고 바로 던질 자세를 취했다. 징규는 칼을 들고 숨을 죽였다.

사람의 인기척을 느꼈는지 호랑이가 고개를 홱 돌렸다. 징석은 번개같이 활을 쏘았고, 징옥은 고함을 지르며 창을 집어던졌다. 곧이어 캥하는 비명소리가 들렸다. 호랑이는 목 가운데에 화살을 맞았고, 징옥의 창은 정통으로 아랫배를 맞췄다. 호랑이는 그 자리에서 즉사하고 말았다.

그들은 호랑이에게 달려갔다. 슬픈 일이었다. 이미 여인의 남편은 상반신이 잘려나가 있었다. 그 처참한 모습에 치를 떨던 삼 형제는 칼로 호랑이의 배를 갈랐다. 호랑이의 뱃속에서 조각난 남편의 시신을 수습한 삼 형제는 가죽을 벗겼다. 그런데 그때였다. 징규가 호랑이의 목에 걸린 무언가를 꺼내 들었다. 염주였다. 색깔이 바랜 걸로 보아 아주 오랫동안 호랑이의 목에 걸려 있었던 것이 분명했다.

그걸 본 징규는 뒤통수에 뭔가를 얻어맞은 듯한 기분을 느꼈다. 그건 징석과 징옥도 마찬가지였다. 분명 어디선가 보았던 염주였다. 형제는 그 염주를 번갈아 보며 과연 어디에서 보았는지 기억하기 시작했다.

삼 형제는 남자의 시신과 호랑이 가죽을 가지고 여인의 집으로 향했다. 여인은 남편의 시신을 보자 혼절하고 말았다. 그들은 여인의 얼굴에 물을 뿌리면서 몸을 주물렀다. 한참 후에 정신이 돌아온 여인은 남편의 시신을 부여잡고 오랫동안 통곡하였다. 삼 형제는 그런 여인을 바라보며 애달픈 마음을 삭혀야 했다.

오랫동안 울던 여인은 저녁때가 되어서야 겨우 정신을 수습했다. 여인은 그들에게 절을 하며 정중히 감사의 예를 올렸다. 징옥은 호랑이 가죽을 주면서 이걸 팔아 남편의 장례비로 쓰라고 하였다. 여인은 다시 한 번 고개를 숙여 고마움을 표시했다. 반드시 이 은혜를 갚겠노라는 말도 빼놓지 않았다. 그러면서 이렇게 말하는 것이 아닌가?

– 삼 형제분을 보니 예전 여기에 살았던 청년 장수들이 생각나는군요.

― 예? 청년 장수요?

― 예. 천민의 자식으로 태어나 장군의 풍모를 지녔던 그 청년들과 너무 흡사하게 생겼습니다. 마치 그 형제들이 환생이라도 한 것처럼.

그 말을 들은 징규는 얼굴이 새파랗게 질렸다. 그건 징석과 징옥도 마찬가지였다. 머리에 번개와 천둥소리가 들려왔다. 이제야, 이제야 생각이 난 것이다. 그들이 아주 오래전에 천성산 깊은 자락에 살았던 때가. 그리고 그때 했던 맹세가.

― 장군님, 무얼 그리 생각하십니까?

― 응? 아, 흠흠. 별것 아니다.

징규는 애써 무심한 척 춘석이 내미는 감자를 받아 한 입 물었다. 해가 어느새 하늘에 높이 솟아 있었다. 시간은 이제 인시로 접어든 것이다.

― 피융!

어디선가 날카로운 것들이 그들을 향해 날아왔다. 표창이었다. 그것들은 징규의 목 옆을 지나 소나무에 깊숙이 박혔다. 놀란 춘석이 장검을 빼들고 벌떡 일어났다. 덩달아 징규도 눈을 부라리며 주변을 둘러봤다. 검은 옷을 입은 사내들이 비릿한 웃음을 날리며 그들 앞에 모습을 드러냈다.

– 웬 놈들이냐?

사내들은 대답 대신 다짜고짜 징규를 향해 칼을 휘둘렀다. 춘석이 잽싸게 앞으로 나서며 그 칼을 받아쳤다. 칼이 없는 징규를 춘석이 보호하며 네 명의 사내들과 대치했다.

– 한명회가 보냈느냐?

– 곧 죽을 양반이 그건 알아 무엇 하겠소이까?

사내들이 언구럭을 놓으며 이죽거리더니 바로 달려들었다. 중과부적이었다. 사내 둘이 장검을 춘석에게 휘둘렀고, 다른 사내들은 징규에게 달려들었다. 그는 주춤거리며 뒷걸음질 쳤다. 징규는 용바위에 등을 기댄 채 사내들을 노려보았다. 가까운 곳에서 춘석과 사내들의 고함이 들려왔다. 사내 중 한 명이 먼저 쓰러졌고, 남은 사내가 춘석과 대치했다.

징규를 둘러싼 사내들이 그를 죽이기 위해 칼을 높이 들었다. 이미 운명을 감지한 징규였다. 그는 체념한 듯이 오른손에 든 염주를 하늘 높이 던졌다.

– 이렇게 나의 생이 끝나는가? 전생에 커다란 욕망을 가졌고, 후대에 그 욕망이 실현되었으니 더 이상 바랄 것은 없다마는……

징규는 나지막이 읊조리며 눈을 감았다. 안개 속으로 사라졌던 형 징옥이 생각났고, 서릿발처럼 노한 주상의 얼굴이 떠올랐다.

그가 눈을 감고 있는 사이 하늘 높이 던져진 염주의 끈이 풀리면서 염주 알이 사방으로 뿌려졌다. 사내들이 고함을 지르며 달려들었고 징규는 마지막이라고 생각했다. 그때 갑자기 우박처럼 사방에서 돌이 날아왔다. 돌은 사내들의 뒤통수를 강타했다. 일격을 받은 사내들이 머리를 움켜잡고 바닥을 뒹굴었다. 그들의 머리에서 선지피가 줄줄 흘러내렸다. 사내들은 비칠거리며 일어났지만 다시 굵은 짱돌이 사방에서 날아와 그들의 머리와 등허리를 가차없이 찍어 버렸다. 그들은 비명을 지르며 고꾸라졌고 다시는 일어나지 못했다.

순식간에 벌어진 사태에 징규와 춘석은 어리둥절했다. 그들은 돌이 날아온 곳을 쳐다보았다. 아! 족히 수십 명은 되어 보이는 사람들이 죽창과 투석기를 든 채 무표정하게 서 있는 게 아닌가? 화전민들이었다. 천성산 깊숙한 곳에서 화전을 일구며 사는 천민들이었다.

얼마 있지 않아 화전민들 뒤에서 두 사람이 나타났다. 왼 팔이 없는 노파와 강왕한 기골을 지닌 청년이었다. 노파는 징규를 보며 희미한 미소를 지었다. 징규는 놀란 입을 다물지 못했다. 바로 그 여인이었다. 호랑이에게 남편을 잃은 여인. 그 여인 주변에는 푸른 안개가 자우룩하게 어려 있었다.

화전민들은 여인의 아들로 보이는 청년이 신호를 보내자, 안개에 싸인 능선 뒤로 하나 둘 사라졌다. 징규는 넋을 잃은 채 그들이 사라진 능선을 쳐다보았다. 안개가 더 짙게 몰려왔다. 그 짙은 안개 사이로 언뜻 검은 형체가 보이면서 말발굽 소리가 들려왔다. 때론 함성소리가 같이 들리기도 했고, 칼과 창이 부딪히는 소리가 들려오기도 했다. 안개를 뚫고 나타난 검은 형체는 형 징옥이었다.

그는 붉은 띠를 이마에 두르고 있었다. 머리띠에는 '대금 황제'라는 글자가 선명히 적혀 있었다. 징옥은 호탕한 웃음을 지으며 징규를 내려다보았다.

– 혀……형님!

징옥은 여진족 장수와 함께 징규와 춘석의 주변을 맴돌다가 다시 안개 속으로 멀어져 갔다. 그 안개 사이로 징옥의 붉은 띠가 흐느적이며 하늘에 떠다녔다. 징규는 사라져가는 징옥의 뒤를 쫓아갔지만 이미 형의 모습은 사라진 뒤였다. 모든 것은 한나절의 꿈처럼 신비롭게 나타났다가 사라졌다.

안개가 물러가고 환한 햇살이 다시 비추기 시작했다. 정신을 차린 징규는 춘석을 부축하며 서둘러 초산리로 돌아갔다. 해는 이미 중천을 지나 서쪽으로 기울고 있었다. 마을에 도착하니 마을 사람들과 부인이 불안한 표정으로 그들을 기다리고 있었다. 부인은 온몸에 피가 묻은 남편을 보며 경악스러운 표정을 지었다.

그날 밤이었다. 가까스로 마음을 가다듬은 부인이 떨

리는 손으로 황금색 비단에 싸인 밀지를 조심스레 전해 주었다.

– 낮에 궁궐에서 사람이 다녀갔습니다.

징규는 부인을 물리친 후 황급히 밀지를 펼쳐 보았다. 주상의 밀지였다.

– 왜 내가 너희 집안을 멸문시키지 않는지 알고 있느냐? 이징옥은 지금은 역적이란 소리를 듣지만 후대에는 반드시 충신이란 소리를 들을 것이다. 징옥은 한양이 아니라 드넓은 만주 평야로 말머리를 돌렸다. 그건 부왕인 세종대왕의 뜻이었고, 나의 바람이기도 했다. 짐의 마음을 시로 적어 보내노라.

北風其涼 雨雪其雱(북풍기량 우설기방)

북풍이 차갑고 진눈깨비 날린다.

惠而好我 攜水同行(혜이호아 휴수동행)

날 좀 도와주게. 손잡고 함께 가세.

其虛其邪 旣亟只且(기허기서 기극지지)

망설이지 말고 어서 함께 가세.

– 아아, 전하!

어느덧 그의 두 눈에서 눈물이 흘러내렸다. 지금 주상은 함께 가자고 했다. 북풍이 몰려오는 날이 올 것인즉 자신을 도와달라고 했다. 그 북풍이 무엇을 의미하는지 징규도 잘 알고 있었다. 여진족들은 후금이라는 나라를 세워 무섭게 그 기세를 올리고 있었다. 주상은 그런 북풍에 대비하여 천하 장수 징석과 징규를 내치지 않은 것이었다.

그는 일어서서 장지문을 열고 대청마루로 나갔다. 동쪽 하늘을 보니 천성산 위로 조각달이 떠오르고 있었다. 달빛 아래 산 그림자가 조용히 누워 있고 산바람에 흔들리는 구름이 조각달의 몸을 반쯤 가려 주었다. 푸른 달 끝에 담연히 떠오르는 그리운 얼굴. 형 징옥은 그 달 끝에서 부드러운 미소를 지으며 징규를 보고 있었다.

마이너리그이긴 하지만

얌통머리 까진 새끼. 나는 아르마니 안경테를 걸친 놈을 쓱 훑어보고는 털썩 자리에 앉았다. 원 시인 형은? 곧 오시겠죠. 놈은 술잔을 건넸다. 서 너 개의 찌그러진 테이블이 무질서하게 놓인 술집이었다. 저녁시간이지만 손님이라곤 우리와 중년사내 둘 뿐이었다. 그들은 돼지껍데기를 씹으며 정치토론을 하고 있었다.

젠장, 장관 딸이라고 특채로 뽑아? 우리 아들은 취업 삼수생이여. 자네, 88만원 세대라고 들어봤나? 그게 뭐여? 그 뭐라더라. 취업 못하고 아르바이트하면서 먹고 사는 애들을 말한다던데. 그럼 우리 아들도 그런 세대 되겠네. 씨불, 돈 없고 **빽** 없는 놈 어디 서러워 살겠어?

그들의 말을 들으며 나는 쓴 웃음을 지었다. 오십대로 보이는 그들은 이미 불쾌한 얼굴이었다. 88만원 세대는 그래도 양반이다. 난 77만원 세대니까. 나는 지니뉴스를 비롯한 몇 개 인터넷 언론에 여행 기사를 쓰고, 간혹 여행 잡지에 원고를 투고한다. 그밖에 비정규직 일로 한 달 평균 70만 원 정도를 번다. 지방의 무명 대, 그것도 인문학과를 졸업한 나에게 취직이란 말은 어느 별나라의 언어였다. 어느덧 내 나이도 서른을 바라보았다. 같은 학과 동기 놈은 친척 덕분에 시청 계약직으로 들어갔다는 이야기를 들었다. 그 말을 듣는 순간, 어째 나에겐 그런 친척 하나 없는지 눈물이 날 지경이었다.

나는 흘깃 딧세를 바라보았다. 자식 오늘은 감색 양복을 입었네. 지니 뉴스 로고가 찍힌 취재수첩과 필기구는 왜 꺼내고 난리야. 놈은 스마트폰을 수시로 꺼내 화면을 조작했다. 예리하게 생긴 눈매와 하얀 얼굴, 산뜻한 옷차림에 적당히 마른 몸매는 누가 봐도 신문사 기자로 착각

할 정도이다. 아버지에게 약간의 유산을 물려받았다지. 스물여덟 살인 딧세는 대학을 졸업한 후 정치판을 기웃거리고 있었다.

갑자기 찰랑거리며 현관문이 열렸다. 원 시인이다. 급히 왔는지 코를 벌름거리는 모습이 꽤나 그로테스크하다. 겨울바람을 혼자 다 맞았는지 코끝이 유난히 빨갛다. 막노동 십장처럼 얼굴이 새카맣고 작달막한 원시인. 사십대 초반인데 벌써 머리에 잔설이 내려앉았고, 이마에는 굵은 주름살이 흉하게 박혀 있다.

원 시인은 자리에 앉자마자 연거푸 두 잔을 들이켰다. 좀 살 것 같네. 딧세 빨리 서류 내놔봐라. 딧세가 의기양양하게 서류를 내밀었다. 피플 타임즈 창간계획서였다. 수고했다. 잘 적었네. 이런 거야 제 전문이죠. 사무실은 오늘 계약했다. 내일 오후 6시에 창간준비위 회의가 있으니 잊지 말고. 기 사장과 윤 기자도 참석할 거다. 원 시인은 의미심장한 미소를 지었다. 이제 한 달 있으면 우리도 신문사 기자가 되는 거야. 그것도 밝아오는 새해에. 그는 다시 서류를 만져보며 헤벌쭉 웃었다. 저 양반, 뭐가 저리 좋은지.

 원 시인, 쌍방향, 오딧세이. 우리 세 사람은 지니 뉴스라는 인터넷 언론사의 시민기자들이었다. 원시인이 주최한 시민 기자 모임에서 알게 된 사이였다. 공동 취재 한답시고 몇 번 만나던 우리는 자주 술자리를 가졌다. 그러던 어느 날 딧세 놈이 인터넷 언론사를 차리자고 제안했다. 그때 난 의외였다. 재미로 시민기자 활동을 하는 딧세놈이 언론사 창간을 제안한 것이 무척 이상했던 것이다. 그런데 그 말을 들은 원 시인이 반색을 하며 달려들었다. 결국 프로 시민기자인 원 시인의 권유로 나도 끼이게 되었다. 그러나 난 처음부터 딧세를 별로 좋아하지 않았다. 나이도 어린놈이 어딘가 약삭빠르게 느껴졌던 것이다.

 몇 달 정도 쫓아다니며 준비한 우리였다. 이제 드디어 한 달 후에 인터넷 언론사를 창간하게 된다. 우린 이제 많은 것을 기록해서 인터넷의 바다로 전송할 것이다. 우린 기자 윤리강령을 준수하고 국민의 알 권리를 옹호하고자 노력할 것이다. 우리는 마지막 건배를 하며 잘해보자고 의지를 다졌다. 겨울바람이 현관문을 두드렸다. 12월을 하루 앞둔 날이었다.

　아침이다. 노란 햇살이 찬란하게 원룸을 가득 채우고
있다. 나는 습관적으로 컴퓨터를 켜고 전기 쿡탑에 냄비
를 올렸다. 왼쪽 벽 구석에 붙은 개복치 사진을 쳐다보았
다. 작년에 화진포 해양 전시관에서 얻은 것이었다. 개복
치는 반쯤 잘려나간 모습의 물고기다. 뭉툭하게 생긴 개
복치가 수족관 안을 유유히 떠다니는 모습은 무척 인상적
이었다. 나는 개복치가 부러웠다. 나도 언젠가는 개복치
처럼 반쪽만으로도 당당하게 이 세상을 헤엄치고 싶었다.
　냄비에 라면을 집어넣은 나는 네이키드 뉴스 홈피를 방
문했다. 분홍색 브라를 노출한 정장 차림의 여성이 눈에
들어왔다. 옷 벗은 앵커라. 솔직한 뉴스, 화끈한 뉴스라
고? 그래 다 보여 다오. 누가 말했던가. 뉴스에 사실은
있어도 진실은 없다고. 그래 너희가 진실이다. 가식 없이
모든 것을 보여주는 그런 뉴스를 전달해다오. 나는 옷을
하나씩 벗으며 뉴스를 전달하는 그녀들의 모습을 킬킬거
리며 쳐다보았다.

똑똑. 옆방에 사는 마가렛이다. 난 급히 의자에서 일어나 현관으로 다가갔다. 그 찰나, 문이 열리면서 마가렛이 안으로 들어왔다. 연보라색 슬리퍼에 헐렁한 나염 티, 추리닝 바지 차림으로 보아 막 잠에서 깬 모습이다. 스물여섯 살짜리 여자의 몸에서 나는 냄새가 코를 자극했다.

쌍방, 라면 하나. 대파 듬뿍 썰어 넣고. 마가렛은 방안으로 들어오면서 한마디 툭 던졌다. 싸가지하곤. 침대에 앉자마자 그녀는 TV 리모컨의 전원 버튼을 눌렀다. 완전 자기 집 안방이구만. 속이 조금 쓰렸지만 지은 죄가 있기에 찍소리 한마디 못했다.

요즘도 그 인간들 만나냐? 라면을 후후 부는 마가렛의 입술이 석류 알처럼 새빨갛다. 조 입술을 마음껏 빨았으면. 응? 으응. 돈 좀 되는 인간들 좀 만나라. 키는 멀대 같이 큰 인간이 좀스런 인간들하고 왜 만나냐? 염병, 저게 또 깐죽거리네. 그래 언론사 시험은 잘 돼가? 네 할 일이나 잘 하세요? 내가 보고 싶었어? 착각은 똥구멍이에요. 내 몸에 손 댈 생각하지 마. 마가렛은 젓가락을 내 눈앞에 들이대며 앙칼지게 쏘아 붙였다. 한 달 전에 술기운으로 마가렛 입술을 향해 돌진하다가 오지게 뺨을 얻어맞았다.

역시 쌍방이 라면 하나는 잘 끓여. 앞으로도 종종 부탁해. 내일 도우미로 오는 거 잊지 마라. 무슨 행사라고? 언론사 개소식이라니까. 언론사? 마가렛의 얼굴에 비웃음이 번졌다. 그녀는 발딱 일어서더니 현관으로 걸어갔다. 그럼 수락하는 걸로 알고 있을게. 마음대로. 저게 그래도 생각은 있네. 시계를 보니 9시가 다 되었다. 나는 '오늘도 열심히'란 말을 되뇌며 가방과 카메라를 챙겨서 밖으로 나갔다. 오늘은 또 뭘 취재할까를 고민하며.

거 신문사 이름 좋네요. 피플타임즈라. 뭔가 대중적인 냄새가 확 나는데. 갈색 양복을 입은 기 사장은 경박한 웃음소리를 내며 말했다. 가느다란 입술 사이로 누르뎅뎅한 이빨이 살짝 보였다. 눈 꼬리가 치켜 올라가고, 좁은 이마에 빠른 하관을 가진 기사장은 연신 다리를 건들거렸다. 그는 광고기획사를 운영한다고 했다. 딧세가 투자자라며 데리고 온 사람이었다. 그럼 이름은 결정된 걸로 알고 저는 갑니다. 딧세님, 내일 전화합시다. 회의 탁자를 살짝

친 기사장은 촐랑거리며 일어섰다.

기 사장이 나간 후, 참관인으로 참석한 윤 기자는 귀찮다는 표정으로 일어섰다. 뜻도 괜찮고 어딘가 친근한 느낌도 주네요. 저도 이만 가야겠습니다. 다음 주에 사장님 내려오시니까 시민기자들은 빠짐없이 참석해야 합니다. 윤수호는 마치 부하들에게 지시를 내리듯 단호하게 말했다. 딧세가 흰 봉투 하나를 내밀었고, 윤 기자는 다소 예의 없게 봉투를 받았다. 두 사람이 빠져나가니 갑자기 좌석이 휑뎅그렁해졌다. 원 시인은 탁한 눈을 씀벅거리며 불쾌한 듯 헛기침을 해댔다.

윤 기자 저 자식 꽤 건방지네. 저 새끼 왜 불렀어요? 차비까지 줘 가면서. 쌍방형, 너무 그러지 말아요. 그래도 지니 뉴스 정식 기잔데. 정식 기자? 돼지 염통 같은 소리해라. 지니 뉴스가 뭐 대단한 언론사냐? 언론계에선 아직 지니 뉴스도 비주류야. 저나 나나 비주류인 주제에 주류 행세하는 꼴 못 봐 주겠네. 관둬라. 진짜 기분 나쁜 사람은 나다. 어쨌든 신생 인터넷 언론사는 지니 뉴스와 제휴를 맺는 게 좋아. 원 시인은 쓸쓸한 미소를 지으며 일어서서 창가로 다가갔다. 예전, 윤수호와 원 시인은 같은 지역신문사에서 일한 사이였다. 당시 윤수호는 수습기자였고, 원 시인은 편집부장이었다. 신문사가 망하면서 둘 다 지니 뉴스에 입사원서를 넣었는데 윤수호만 붙고 원 시인은 떨어졌던 것이다. 그때부터 윤수호는 정식 기자라며 원 시인에게 유세를 부리기 시작했다고 한다.

우리끼리 회의 좀 더 하자. 자리로 돌아온 원 시인은 표정을 풀며 부드럽게 말했다. 일단 기 사장은 초기 운영비를 내기로 합의했고 신문사 이름도 정했으니 창간호 콘텐츠 짜는 일에 전력투구하자. 딋세, 정치인들과 인터뷰 일정은 다 잡았지. 오케이. 쌍방, 여행 기사는 준비 다 됐지. 예스. 좋아. 회의는 이것으로 마치고 우리 술이나 한잔 하자. 딋세, 술 좀 사와라.

딋세 놈은 약간 똥 씹은 표정으로 자리에서 일어섰다. 놈이 술을 사러 간 사이 원 시인은 잠시 눈을 감았다. 유행 지난 코트가 그의 둔탁한 몸을 감싸고 있었다. 참 파란만장한 사람이야. 난 담배를 천천히 피며 원 시인의 과거를 떠올려 보았다.

그는 이십 년 전에 상고를 졸업하고 서울의 작은 회사에 취직했었다. 직장 운이 없었던지 그가 가는 회사마다 문을 닫았다. 결국 정수기 판매, 자동차 영업, 할부 책장수, 학습지 영업사원 등등 온갖 비정규직 일을 전전했다. 그 와중에서 그는 시를 썼고 어찌해서 두 권의 시집을 내기도 했다. 그러나 자칭 시인이지 정식으로 등단한 시인은 아니었다. 하여간 그는 시집을 낸 덕분으로 무명 잡지사 편집부장도 했고 모 문학단체의 실무자로 들어가기도 했다. 출판사를 하나 차리기도 했다는데 삼 년 만에 쫄딱 망했단다. 출판사를 그만두고 빈털터리로 고향에 돌아온 원 시인은 그때부터 온갖 지역 신문사의 문을 두드렸다. 지역 신문의 편집부장만 일곱 번 했단다. 그러나 대부분의 지역 신문은 열악한 재정 때문에 채 일 년을 버티지 못했다. 그래도 그는 제대로 된 신문사의 기자가 되고 싶다는 꿈을 포기하지 않았다. 언젠가는 정식 기자가 되어 글만 써서 밥을 해결하겠다는 포부를 지니고 있었다.

원 시인은 이번 피플타임즈에 모든 것을 걸겠다고 했다. 투자자도 나타났고, 덧세나 나와 같은 인재도 만났으니 이번에는 왠지 예감이 좋다는 것이다. 그는 희망에 부풀어 있었다.

덧세가 술을 테이블에 내려놓자 원 시인은 눈을 번쩍 떴다. 모두 맥주 한 잔씩을 쭉 들이켰다. 덧세, 네 친구들은 내일 오냐? 원 시인이 잔을 비우며 말을 건넸다. 예, 다 올 겁니다. 국회의원 비서관들과 청와대에서 근무했던 사람들하고 연락됐습니다. 우리 덧세가 그래도 발이 넓어요. 그런 친구들도 다 알고. 에이, 형님도. 저도 한때는 잘 나갔어요. 주거니 받거니 하다 보니 어느덧 9시가 다 되었다. 마지막 잔을 마신 우리는 내일의 개소식을 위해 일찍 가기로 했다.

붉은색 외장 타일로 치장된 삼층 건물 앞이 아침부터 옥시글거렸다. 날씨가 제법 풀려 태양이 따뜻한 빛을 내렸다. 몇 개 되지도 않은 화환들이 입구 양쪽에 늘어서 있다. 검은색 정장 차림의 마가렛은 연신 미소를 띠며 손님들에게 인사했다. 오달진 미소를 지은 창준위 위원들은 양복쟁이들과 수인사를 하느라 바쁜 척을 한다. 나는 렌즈를 바꿔가며 부지런히 사진을 찍었다.

개소식은 일사천리로 진행되었다. 좌석이 절반도 차지 않아 다소 황망한 느낌도 주었지만 원 시인은 꿋꿋하게 사회를 보았다. 준비 위원장인 기 사장이 예의 그 경박한 태도로 인사말을 하고 곧 이어 내빈들 소개가 있었다. 그런데 하나같이 전직이란 말이 붙는 사람들이었다. 주로 딧세가 동원한 정치계 인사들이었다. 전직 국회의원 비서관. 전직 청와대 행정관. 전직 구의원 후보자. 자식들, 나이도 얼마 먹지 않은 놈들이 거들먹거리기는. 하나같이 검은색 양복 차림에 무스를 바른 모습이었다. 메이저리그 행세하는 꼴하곤. 나는 실소를 터트렸다.

그날 이후, 우리는 매일 편집회의를 하며 하루를 시작했다. 일이 순조롭게 풀리려는지 개미주주들의 지원금도 적지 않게 들어왔다. 개소식에 참석했던 자칭 정치가들도 십시일반으로 돈을 보탰다. 그렇게 해서 천만 원 정도가 기금으로 모아졌다. 그러나 아직도 돈이 많이 모자랐다. 기 사장은 아직도 본격적으로 투자하지 않았다.

보름쯤 지났을까. 경비 문제가 불거지면서 딧세 놈이

목청을 돋우기 시작했다. 요지인즉슨, 무조건 경비를 아끼자는 것이었다. 식대며 교통비, 사무실 유지비가 생각보다 많이 나간다는 것이었다. 말미에 딧세 놈은 앞으로 도시락을 싸오자고 강짜를 부렸다.

뭐, 도시락? 나보고 도시락을 싸오라고? 나는 딧세놈과 한바탕 일전을 벌였다. 어차피 투자를 받기로 한 것, 식대와 교통비는 정당한 경비니까 그에 상응해서 지출하라고 압박을 넣었다. 놈도 물러서지 않았다. 어쨌든 식대와 교통비는 각자 알아서 해결하자는 것이었다.

그럼, 지니 뉴스에 다시 기사를 올리잔 말이냐? 우리가 돈 나올 데가 어디 있냐? 필요하다면 그렇게라도 해야죠. 지랄하네. 너나 해라, 인마. 인마라뇨?

나와 딧세는 서로를 노려보며 험악한 표정을 지었다. 원 시인의 표정이 점점 어두워졌다. 사실 나는 그동안 인터넷 신문사에 몰래 기사를 올렸다. 틈틈이 여행 관련 원고도 쓰면서 목돈을 챙기기도 했다. 그러나 원 시인은 그게 아니었다. 그는 이제야 전력투구할 직장이 생겼다며 모든 인터넷 기자직을 그만둔 상태였다. 분명 처음에는 기 사장이 월급과 경비를 지급한다는 조건이었다. 그런데 어쩐 일인지 기 사장이 사무실 구할 돈만 덜렁 주고는 나 몰라라 하고 있는 것이다. 딧세 놈에 의하면 창간호가 나 오면 그때부터 본격적으로 투자한다는 것이었다.

결국, 우리는 다시 지니 뉴스에 기사를 올리면서 당분 간 버티기로 했다. 몇 푼 되지 않는 원고료였지만 지금의 우리에겐 더없이 소중한 돈이었다. 딧세 놈은 상대 출신 이었다. 놈은 상대 출신답게 계산하는 일에 상당히 재바 르게 움직였다. 그리고 뭔가 야심이 있는 듯한 말을 하기 도 했다. 놈은 정치학이나 경영 관련 책들을 간간이 보면 서 정치에 여전히 관심을 쏟고 있었다. 놈은 아직도 한여 름 밤의 꿈을 못 깬 것이다.

차츰 연말이 다가오고 있었다. 마가렛의 시험 날짜가 다가왔다. 그녀는 이번 시험에 한껏 기대를 걸고 있었다. 나는 불안했다. 만일 마가렛이 언론사에 들어간다면 나 따위는 거들떠보지도 않을 것이다. 제발 떨어져라. 제발.

아침부터 작은 눈발이 날렸다. 원시인은 시청으로, 딧

세는 기 사장을 만난다면서 나간 터라 사무실에 나 혼자 있던 날이었다. 창간호 콘텐츠를 작성하던 나는 잠시 쉬면서 느긋하게 담배를 피우고 있었다. 그런데 갑자기 문이 확 열리면서 딧세 놈이 우당탕 뛰어들었다. 놈의 얼굴은 완전 똥색이었다. 나는 우두망찰한 표정으로 딧세 놈을 바라보았다. 놈은 흥분제를 맞아 미친 듯이 날뛰는 모르모트처럼 안절부절못했다.

잠시 후, 전화로 뭔가를 확인한 놈은 자리에 풀썩 주저앉았다. 놈은 이내 눈물을 쏟으며 펑펑 울기 시작했다. 뭐야. 이 자식 왜 이래. 나는 놈에게 다가갔다. 야, 인마. 무슨 일이야? 놈은 눈물범벅으로 나를 쳐다만 볼 뿐 아무 말도 하지 않았다. 이어 원 시인이 들이닥쳤다. 딧세, 무슨 일이야? 기 사장이 사라지다니? 예? 형. 그게 무슨 말이요? 모르겠다. 나도 전화받고 급히 오는 길이다. 원 시인과 나는 답답했지만 일단 딧세 놈의 울음이 그치기를 기다려야 했다. 잠시 후 울음을 그친 놈은 떠듬떠듬 저 간의 사정을 이야기했다.

사실 저는 처음부터 기 사장과 음모를 꾸몄어요. 정치판에서 기웃거리다가 그를 알게 됐는데, 하루는 기 사장이 귀가 솔깃한 제안을 했죠. 인터넷 언론사를 하나 창간한 후, 정치가를 꿈꾸는 사람들에게 통째로 팔아먹자는 거예요. 그런 사람들에겐 어떤 직함이 필요한데 언론사 사장이라는 것은 그럴싸하다는 것이죠. 기 사장은 주변에 그런 사람들이 많다며 형들 같은 시민기자를 끌어들이라고 했어요. 저는 돈이 좀 생기면 구의원 선거에 출마할 예정이었죠.

  저는 창간만 되면 모든 일이 잘 될 거라고 생각했어요. 이미 기 사장이 아파트 광고 건을 따놓았고, 창간호부터 그걸 실으면 언론사 폼은 날 거라고 생각했죠. 그런데 삼일 전에, 기 사장이 지원금 천만 원을 법인 통장에 넣어달라고 했어요. 덩달아 저에게도 천만 원을 구해달라고 했죠. 회사를 법인으로 전환시켜야 광고를 실을 수 있다고 하면서요. 이 억짜리 잔고 증명서를 만드는데 이천만 원이 빈다고 했죠. 기 사장은 사흘만 통장에 넣어둘 돈이니까 안심하라며 통장과 법인 도장도 저에게 맡겼어요. 그런데 오늘이 사흘째 되는 날이라, 저는 인터넷으로 계좌이체를 하려고 했는데 잔액이 다 빠져나간 거예요. 놀란 제가 은행에 가서 확인해보니, 기 사장이 통장 분실 신고를 낸 후 돈을 빼돌린 거예요.

개자식! 역시 이럴 줄 알았다. 나는 흥분된 표정으로 딧세 놈을 노려보았다. 그럼 원 시인 형과 나는 어떻게 할 작정이었어. 월급날을 차일피일 미루면서 시간을 끌 계획이었어요. 기자라는 직함만 주면 돈 안 받고 몇 달 일할 거라고 생각했죠. 이런 씨발! 나는 있는 힘껏 딧세 놈의 뺨을 때리기 시작했다. 놈은 아무런 저항 없이 묵묵히 맞기만 했다. 쌍방, 그만해! 놈의 입술에서 피가 배어 나오자 원 시인이 달려들어 겨우 진정시켰다.

모두 허탈한 심정으로 소파에 앉아 담배만 피워댔다. 젠장, 어째 일이 잘 되는가 했다. 내 복에 무슨 기자야. 나는 욕지거리를 내뱉으며 창가로 다가갔다. 나야 무슨 상관이 있나? 그동안 들인 시간만 아까울 뿐이지. 그나저나 원 시인이 큰일 났네. 후배한테 외상으로 컴퓨터를 샀는데.

사실 난 지금 최악의 상태다. 원 시인은 폐부를 찌를 듯한 한숨을 쉬며 절망적인 어투로 말했다. 큰 딸애는 병원에 입원했고, 마누라는 몸이 아파 며칠째 식당 일도 나가지 못했다. 당장 다음 달에 생활비를 갖다 주지 않으면 우리 집은 모두 굶을 처지야. 카드 대금도 몇 달째 밀려 있고.

그 말을 들은 딧세 놈은 잘못했다며 다시 눈물을 쏟았다. 나는 원 시인에게 가만히 다가가 어깨에 손을 올렸다. 그의 불거진 눈에서 작은 눈물방울이 흘러내렸다. 모두 나가라. 나 혼자 있다 갈 테니까. 형, 정말 미안해요. 쌍방, 딧세 데리고 어서 나가! 원 시인은 뭔가 굳게 결심한 듯 소리를 질렀다. 나는 딧세를 거칠게 일으켜 밖으로 데려나갔다. 일층 계단으로 내려가자 놈은 건물 입구에 풀썩 주저앉으며 망연자실 하늘을 쳐다보았다. 미친놈! 나는 그를 내버려 두고 원룸으로 향했다.

꿀꿀한 기분으로 원룸에 도착한 나는 습관적으로 컴퓨터를 켰다. 포털사이트에 들어가 보니, 네이키드 뉴스 앵

커들이 에넘느레한 사무실에서 기자회견을 하는 동영상이 보였다. 이건 또 무슨 일이야? 알고 보니 뉴스 관계자들이 사무실 보증금과 주요 기자재를 빼돌리고 외국으로 달아났다는 내용이었다. 더 지저분한 것은 놈들이 여자들의 두 달 치 월급도 떼먹고 달아난 것이었다.

떡을 할! 쟤들이나 나나 어찌 그리 똑같나? 아무도 알아주지 않는 앵커지만, 아무도 인정해주지 않는 기자이지만 우리가 얼마나 열심히 했는데. 나는 허탈한 마음으로 창가로 다가가 어둠이 깔린 골목길을 내려다보았다. 그런데 가로등 밑에 낯익은 얼굴 하나가 고개를 숙인 채 울고 있었다. 마가렛이었다. 뭐야? 혹시? 고개를 돌려 달력을 확인한 나는 씁쓸한 미소를 지었다. 그녀가 응시한 언론사의 합격자 발표 날이었던 것이다.

그 다음날부터 삼일 동안 나는 원룸에 틀어박혔다. 하루는 영화만 봤고, 또 하루는 시체처럼 잠만 잤다. 사흘째 되니 기분이 조금 풀려 오랜만에 뒷산에 올라가 보았다. 정상에서 떠오르는 태양과 오렌지빛에 물든 도시를 내려다보니 기분이 한결 나아졌다. 오늘은 연락이 되려나. 나는 원 시인에게 전화를 걸었다. 그러나 신호만 갈 뿐 그의 목소리는 들리지 않았다. 그날 이후 왜 전화를 안 받는 거지. 나는 고개를 갸웃거렸다.

원룸에 돌아와 쿡탑에 냄비를 올린 다음, 나는 다시 그에게 전화를 걸었다. 역시 묵묵부답이었다. 뭐야? 이 양반, 어떻게 된 거야. 나는 머리를 긁적이며 라면을 먹기 시작했다. 면발을 몇 차례 건져 먹던 나는 순간 이상한 기분이 들었다. 그날, 무척 결연한 표정을 짓던 원 시인의 얼굴이 떠올랐던 것이다. 급히 딧세에게 전화를 걸었다. 원 시인에게서 전화 온 적 있었어? 아뇨. 전혀 없었어요. 요것 봐라. 뭔가 수상한데. 지금 빨리 사무실로 오라고 놈에게 말한 후, 나는 총알처럼 원룸을 빠져나갔다.

사무실에 도착하니 황당한 일이 기다리고 있었다. 컴퓨터와 프린터가 사라졌고, 건물 주인이 화난 얼굴로 서성거리고 있었다. 주인은 나머지 전세금을 언제 줄 거냐며 언성을 높였다. 내막을 알아보니 원 시인이 보증금의 일부만 걸었다는 것이었다. 전세 계약은 원 시인 이름으로 했었다. 이런! 나는 급히 캐비닛을 열었다. 구석에 놓인 수첩을 펼쳐 보니 개미주주의 이름과 금액이 적혀 있었다. 모두 원 시인의 글씨였다. 공식적인 지원금 외에 원 시인이 따로 받은 기부금 명단이었다. 아찔했다. 원 시인은 전세금과 지원금을 챙기곤 사라져 버린 것이다.

덧세, 우리는 원 시인에게도 당했다. 그게 무슨 말이에요? 이걸 봐라. 나는 놈에게 노트를 보여주었다. 놈의 얼굴이 흙빛으로 변했다. 어떻게 이럴 수가! 그 순진해 보이는 원 시인 형이 이런 짓을 하다니? 인마, 사람이 속이는 게 아니라 돈이 속이는 거야. 원 시인도 그렇게 하고 싶어 했겠냐? 피플 타임즈에 모든 것을 걸었는데, 그게 물거품이 되니까 될 대로 되라 하는 심정으로 튀어 버린 거야. 난 이해는 해. 그러나 용서는 안 돼! 망연자실한 표정으로 나는 원 시인의 책상으로 다가갔다. 무심코 서랍을 열어보니 편지봉투 하나가 눈에 띄었다. 편지에는 원 시인의 글씨가 적혀 있었다.

'쌍방아, 미안하다. 이렇게 할 수밖에 없는 나를 용서해라.'

나는 그 편지를 덧세에게 보여주었다. 한참 바라보던

놈은 욕을 하며 편지를 갈기갈기 찢어버렸다. 갑자기 악이 받쳤다. 이대로 주저앉는 것이 너무 억울했다. 아무리 반쪽짜리 인생이지만 왜 이렇게 당해야 하는지 분해서 미칠 지경이었다. 일단 소파에 앉은 나는 담배를 피우며 마음을 가라앉혔다. 딧세 놈은 아직도 흥분했는지 두 눈알이 시뻘겋게 되어 있었다. 나는 어떻게 하면 이 문제를 풀 것인가 고민했다. 먼저 기 사장 놈을 찾자. 운영자금을 일부라도 회수해야 해. 그래서 피플 타임즈를 예정대로 창간하는 거야.

그날 이후로 우린 백방으로 기 사장을 찾기 위해 동분서주했다. 경찰서에 고발할까도 생각했지만 차용증이 없기 때문에 불가능했다. 심부름센터도 생각했지만 그건 돈도 많이 들고 건달들에게 사기를 당할 가능성도 농후했다. 결국 우리가 직접 찾는 수밖에 없었다.

삼일 정도 시간이 흘렀다. 사흘 동안 놈을 찾아 헤매던 나는 오전에 사무실로 출근했다. 딧세 놈도 방금 들어왔는지 안경에 김이 서려 있었다. 오늘은 또 어디를 찾아 헤매지? 소파에 털썩 앉으며 나는 골똘히 생각에 몰입했다. 우리가 아는 거라고는 놈의 이름과 생년월일 정도였다. 그의 광고 회사는 이미 문을 닫은 상태였다. 그때였다. 라디오 뉴스에서 어느 문중의 분란을 보도하고 있었다. 해근파니 오재파니 하는 말들이 들려왔다. 그걸 듣던 나는 무릎을 치며 쾌재를 불렀다. 맞다, 기 씨 대종파! 기 사장이 종종 술자리에서 자기 집안을 자랑했던 말들이 떠올랐다. 나는 피플 타임즈 기자증을 만지작거리며 회심의 미소를 지었다. 그래, 나는 기자라는 권력을 가지고 있어. 비록 마이너리그이긴 하지만.

딧세, 인터넷으로 기 씨 종친회 대종파를 알아봐. 종친회요? 딧세는 알았다는 듯이 인터넷에 접속했고 전화번호를 하나 불렀다. 나는 즉시 전화를 걸었다. 피플 타임즈 기자입니다. 기수걸이란 사람을 찾고 있는데, 혹시 찾을 수 있을까 해서요? 무슨 일로 그러시오? 영감의 목소리가 들려왔다. 기수걸 씨가 저희 신문사 발전 기금을 많이 주셔서 연말에 초빙할까 합니다. 아, 그래요. 그런데 주소나 연락처를 모릅니다. 음, 그러면 사무실로 와 보소. 기자인지 아닌지 확인하고 해줄 테니. 딧세, 출동하

자. 덧세와 나는 기자증과 취재 수첩, 카메라를 챙겨서 재빨리 사무실을 빠져나갔다.

종친회 사무실에 들어서니 칠십 대로 보이는 영감과 아가씨가 앉아 있었다. 기자증을 내밀자 영감은 잠시 훑어보더니 낡은 노트를 꺼내기 시작했다. 생년월일이 언제라고? 칠십 년 생 입니다. 그럼 경술년이로군. 영감은 노트를 한참 뒤적였다. 여기 있군. 기용남이 아들이네. 그 사람 주소지가…… 옳지! 여기 있네. 영감은 몽당연필로 몇 개의 한자를 적어 주었다. 근교의 시골마을이었다. 좋아. 덧세와 나는 바로 그곳으로 출발했다. 현재 기 사장은 쫓기고 있는 상태였다. 말을 들어보니 여러 사람에게 사기를 친 모양이었다. 그런 놈이 집으로 가진 않을 테고 분명 부모 집이나 친인척 집에 숨어 있을 가능성이 높았다.

마을에 도착하니 벌써 점심때가 다 되었다. 한쪽에 신작로가 있고, 그 신작로 옆으로 실개천이 흐르고 있는 마을이었다. 개천 옆에는 낙엽이 켜켜이 쌓여 있었다. 마을 사람들에게 물어 겨우 집을 찾을 수 있었다. 낡은 시멘트 담장에 둘러싸인 흙 마당으로 들어서니 팔순 노인이 툇마루에서 햇볕을 쬐고 있었다. 생긴 모양도, 말하는 것도 기수걸과 아주 흡사했다. 기자증을 보여주며 찾아온 용건을 말하자, 영감은 눈을 슴벅이며 조금 있다가 아들이 오겠다며 연락이 왔다고 했다. 어디 멀리 갈 계획이라 잠시 들른다는 것이었다.

닷세와 나는 도망치듯 영감의 집을 빠져나왔다. 처 죽일 놈! 닷세는 몸을 바르르 떨었다. 기 사장을 만나면 몇 대 후려칠 기세였다. 우리는 영감의 집 옆에 있는 고목에서 기수걸을 기다렸다. 겨울바람을 맞는 것이 고역이었지만 놈을 잡겠다는 일념으로 버텼다. 고목 가지 사이로 차가운 바람이 쌩하며 지나갔다.

한 시간쯤 기다렸을까. 저 멀리서 낯익은 놈의 모습이 서서히 들어왔다. 놈이 다가오자 닷세가 그 앞에 재빨리 나섰다. 기 사장! 그는 흠칫 놀란 눈을 뜨고 우리를 쳐다보았다. 닷세는 다짜고짜 그에게 달려들어 멱살을 잡았다. 순식간에 당한 일이라 기 사장은 달아날 틈새도 없었다. 그는 두 손을 비비며 용서해달라고, 돈을 돌려주겠다고 했다. 닷세가 그의 뺨을 세차게 후려쳤다.

딧세, 분풀이는 그만하고 먼저 돈부터 찾자. 그래야겠죠. 이 개자식아, 빨리 앞장서. 기 사장은 천만 원 밖에 없다며 연신 머리를 조아렸다. 다시 딧세가 그의 뺨을 후려쳤다. 우리는 기 사장과 함께 은행에 가서 천만 원을 돌려받은 후, 그에게 나머지 돈에 대한 현금영수증을 받았다. 약속한 날짜에 기 사장이 돈을 주지 않으면 놈은 사기 혐의로 감옥에 갈 것이다.

딧세, 너는 이제부터 나하고 할 이야기가 있지? 사무실로 돌아온 나는 딧세에게 엄중하게 말했다. 소파에 앉은 딧세는 죄인인 양 고개를 떨어트렸다. 형, 정말 미안해요. 형처럼 좋은 사람을 속이다니. 됐다. 네가 진심으로 반성한다면 지금부터 앞 일만 생각하자. 놈은 고개를 들며 눈을 반짝였다. 어떻게요? 이왕 이리 된 거 그 돈으로 피플 타임즈를 정식으로 창간하자. 당분간 네 돈 천만 원은 생각하지 마라. 나는 단호하게 말했다. 정치인에게 팔아먹지 말고 우리가 제대로 운영해보잔 말이다. 할 수 있을까요? 이미 인터넷 언론사가 포화상태인데. 자식아,

우리에겐 콘텐츠가 풍부해. 딧세 놈은 눈을 이리저리 굴렸다. 부지런히 주판알을 굴리는 눈동자였다. 왜 처음부터 안 된다고 생각해? 88만 원 세대라고 영원히 주저앉을래? 우리도 한번 고함이라도 질러보자. 너도 이제 되지도 않은 정치판에 기웃거리지 말고 제대로 일 좀 해봐라. 딧세 놈은 고개를 끄덕였다. 놈은 한참 고민하다가 소리를 질렀다. 알았어요! 하면 되잖아요! 그래! 해 보자.

나는 다음날 원룸 보증금을 빼서 사무실로 거처를 옮겼다. 딧세 놈도 짐을 싸 들고 들어왔다. 사무실 한쪽 구석에 우리는 칸막이를 쳤고, 그 안에 스티로폼과 전기장판을 깔았다. 그리고 남은 일주일 동안 딧세와 나는 창간 준비에 전력을 기울였고, 겨우 모든 준비를 마칠 수 있었다. 이제 남은 것은 정식으로 창간식을 하면서 피플 타임즈의 존재를 세상에 알리는 일이었다.

새해가 된 지 보름이 지난날이었다. 창간식은 아침 10시에, 신년회를 겸해서 하기로 했다. 딧세는 이미 일주일 전에 초청장을 발송했고, 나는 창간호 홈페이지를 마지막으로 가다듬었다. 돈이 모자라서 조악하게 만든 홈페이지였지만 나름대로 형식을 갖춘 것이었다. 사실 내가 한 일은 별로 없었다. 창간호 홈페이지는 원 시인이 거의 다 만들어 놓았다. 난 거기에 약간의 기사와 사진을 보충했을 뿐이었다. 오후에 마가렛이 찾아왔다. 그녀는 머뭇거리며 뭐 할 일이 없냐고 작은 소리로 물었다. 나는 쾌재를 부르며 그녀를 즉석에서 피플타임즈 기자로 채용했다. 그녀의 얼굴이 환해졌다.

예정 시간이 되자 손님들이 몰려들었다. 딧세의 정치계 인맥들이 동원되었다. 내 친구들도 몰려왔다. 마가렛도 몇 명의 친구를 동원했다. 모두가 비주류였지만 우리는 웃으며 피플 타임즈의 창간식을 치렀다. 약간의 식전 행사가 끝나고 드디어 메인이 열리게 되었다. 마가렛이 한 쪽 벽에 흰 천을 걸었고, 딧세가 그 천 위로 환등기를 비추었다. 나는 책상에 앉아 마우스를 움직였다. 마가렛이 샴페인을 들고 흔들어댔다. 드디어 화면에 피플 타임즈 창간호가 나타났다. 모두들 손뼉을 쳤고, 마가렛이 샴페인을 터트렸다. 창간호의 메인 면은 원 시인이 작성한 것이었다. 거기엔 이렇게 쓰여 있었다.

'우리는 이 세상의 모든 것을 기록한다.'

나는 원 시인이 보고 싶었다. 행여 그가 창간식에 나타날까 봐 은근히 기다리기도 했다. 그러나 원 시인은 나타나지 않았다. 난 지금도 그를 이해하지만 용서는 할 수 없었다. 큰 딸은 퇴원했을까? 언젠가 원 시인은 그 커다란 눈동자를 굴리며 나타나겠지.

창간식이 끝난 후, 우리는 밤새도록 회의실 탁자에서 술을 마셨다. 마가렛은 내 옆에, 그녀가 데리고 온 헵번이란 아가씨는 딧세 옆에 앉았다. 딧세 놈이 헵번에게 아양을 떠는 동안, 나는 내 책상으로 다가가 화진포 해양전시관 홈피를 클릭했다. 화면 가득 개복치가 유영하는 장면이 나타났다. 오늘도 개복치는 반쪽짜리 몸으로 물속을 돌아다니고 있었다. 나는 그 장면을 뚫어져라 쳐다보았다. 어느덧 나도 개복치를 따라 유유히 헤엄치는 느낌이 들었다.

프러시안 블루

방법이, 정말 방법이 없는 걸까.

환은 양손으로 머리를 감싸 쥐고 절망적인 표정을 짓는다. 책상 위에는 '부동침하'라는 단어가 등장하는 문서가 놓여 있다. 파란 냉기가 흘러나오는 그 언어를, 그는 한참 동안 내려다본다. 그 앞뒤로는 기우뚱 건물이라는 문자가 항상 따라다닌다. 문서 말미에는 그가 감당할 수 없는 숫자가 적혀 있다. 재판은 내일부터 다시 시작되지만 그는 자신이 없다. 재판을 결정적으로 뒤집을 증거가 그에겐 없는 것이다.

사진이 인쇄된 그 문서만 있었다면.

그는 손가락으로 숫자들을 짚어본다. 환의 나이 서른여
덟. 약간 긴 얼굴에 안경을 낀 퀭한 눈. 움푹 들어간 양
볼. 훌쩍하게 키가 큰 그는 남루한 회색 양복 차림이다.

좁고 어두운 사무실. 철제 책상 위에는 도면들이 널려
있고 벽면의 책장에는 설계도서가 가득하다. 먼지가 앉은
제도판 위엔 삼각자가 덩그러니 놓여 있다. 창문을 가로
막은 육교 탓에 사무실 안은 늘 침침하다. 환은 스태들러
연필을 만지작거린다. 수가 늘 사용하던, 지우개가 거의
없어지고 볼펜보다 짧은 연필이다. 모니터 위에 희뿌연
먼지들이 수북이 묻어 있다. 그는 그 옆의 호두색 책꽂이
로 시선을 돌린다. 구석자리에 누르께한 서류 봉투가 꽂
혀 있다. 봉투 안에는 플라스틱 파일과 노트 한 권이 들
어 있다. 수의 마지막 유품이다.

그는 봉투에서 플라스틱 파일은 놓아 둔 채 노트만 꺼
내 본다. '푸른 뱀, 청사포'란 표지가 눈에 들어온다. 반듯
한 글씨체가 그의 눈동자에 잔잔히 다가온다. 그는 서글
서글한 눈매에 뚜렷한 이목구비를 가진 수의 얼굴을 생각

한다. 그리운 수의 얼굴이다. 그는 노트를 봉투 안에 집어넣고 청사포로 가야겠다고 중얼거린다. 환은 수의 열정이 묻어 있는 그것들을 그녀에게 영원히 돌려줄 생각이다. 그는 출구로 걸어간다. 출입문이 유난히 덜거덕거린다. 환은 그 문을 원망스레 쳐다보다가 힘없이 열어젖힌다.

민 소장, 이쯤에서 그만하지. 그럴 순 없소! 뭐? 당신 참 끈질기군. 구청 건축과 도 계장은 빈정거리는 말투였다. 그럼, 구 사장과 함께 만나서 이야기 좀 합시다. 두시에 그 커피숍으로 오소.

미포항 방파제에 앉은 환은 멍하게 바다를 응시한다. 청사포로 가던 중에 받은 전화였다. 해운대 앞 바다에 은린이 넘실거린다. 모래사장은 길게 조각난 멜론 껍질처럼 한껏 휘어져 있다. 멀리 동백 섬으로 삼월의 태양빛이 서서히 넘어간다. 그는 왼손으로 연필을 매만진다. 그것은 그에게 창조의 도구이자 사랑의 메신저였다. 캐드로 만든 도면은 아직도 그에게 낯설다.

삭제 버튼을 누르는 순간, 내가 창조한 도면들은 순식

간에 휘발돼 버리고 말지. 연필로 그린 그림들은 오래도록 흔적이 남아. 자수정처럼 맑은 햇살이 푸른 소나무 사이로 사선을 그을 때, 그 사선 사이로 하느작하느작 떨어지는 솔잎과 같은 흔적이. 여기서 한 시간 정도 걸어가면 청사포에 도착하겠지. 수는 청사포에 푸른 뱀이 있다고 말했어. 그 푸른 뱀의 상징을 놓고 수와 나는 많은 이야기를 나누었지.

미포항에서 청사포로 가는 길은 두 가지이다. 바다와 평행하게 놓인 철길과 자동차가 달리는 달맞이 길. 기찻길은 직선이며 달맞이 도로는 곡선이다. 환은 직선과 곡선을 놓고 갈등한다. 그는 고개를 옆으로 돌린다. 푸른 바다를 옆에 끼고 고적한 자태로 누워 있는 기찻길이 보인다. 초등학교 오학년 때, 환은 녹슨 기찻길에서 죽어가는 황구를 본 적이 있었다. 무참하게 짓이겨진 황구는 가녀린 숨을 몰아쉬었다. 붉은 내장에서 흘러나온 피는 레일 위에 낭자하게 흐르고 있었다. 태양빛은 폭포처럼 기찻길 위에 쏟아졌고, 검붉은 황구의 털에는 깊은 적막이 맺혀 있었다.

방향을 결심했는지 환은 방파제에서 일어나 달맞이 길로 가기 시작한다. 얼마 후, 그는 미포항을 내려다보는 색소폰 카페 앞에 도착한다. 그 옆에는 항구로 길게 뻗은 시멘트 계단이 있다. 그는 하얀 타일로 치장된 카페를 무연히 쳐다보다가 조심스레 계단에 앉는다. 기찻길이 다시 그의 눈에 들어온다. 카페 창가에서 수와 칵테일을 마신 후, 청사포까지 걸어갔던 날이 환의 뇌리에 스친다.

환이 막 서른이 됐을 때였다. 수의 친구인 희가 오랜만에 전화를 걸어 왔다. '수가 은근히 네 소식을 묻더라'. 희는 의미가 담긴 목소리로 말했다. 환은 수라는 이름을 다시 들었을 때 무척 낯설어 했다. 지난 삼 년 간 수는 환에게 있어 구석진 폴더에 담겨 있던 캐드 파일과 같은 존재였다. 힘들게 그리긴 했으나 쓸모가 없어져 언제든지 삭제할 수 있는 파일이었다. 대학시절 잠시 연애를 하긴 했지만 쿨하게 헤어졌던 터라 달리 미련도 없었던 것이다. 간혹 환은 수를 떠올리기도 했다. 봄의 끝자락에서 이슬비가 찬찬히 내릴 때나, 구름 사이로 가을의 햇살이 우련

하게 비칠 때, 혹은 겨울의 초입에서 찢긴 낙엽들이 거리를 가득 메울 때, 그는 그녀를 생각했다

서울의 직장 생활을 정리한 수는 부산으로 내려와 카피라이터로 일하고 있다고 했다. 당시 그는 선배의 설계 사무실에 근무하며 건축사 공부를 하던 중이었다. 여고시절에 엄마를 여읜 수는 아버지와 단 둘이 살았었다. 수는 외로웠지만 언제나 긍정적으로 살았다. 아무런 연고도 없는 서울에서 쓸쓸히 직장생활을 했었을 수. 환은 그녀가 외로웠을 거라고 생각했다. 그는 수라는 캐드 파일이 담겨 있었던 폴더를 다시 열어보기로 했다.

우리, 청사포까지 걸어가자.

삼 년 만에 다시 만난 수는 레인보우 칵테일을 마시며 들뜬 목소리로 말했다. 가부키 여배우를 닮은 그녀의 붉은 입술이 관능적으로 움직였다. 감색 스커트에 하늘색 시폰블라우스를 받쳐 입은 수는 가끔 미소를 지었다. 입술 사이로 드러난 치아는 백설기처럼 하얀색이었다. 그녀의 몸에서 푸른색과 붉은색, 흰색이 번갈아 나타났다.

환은 그 색깔들을 바라보며 넌 참 색깔이 풍부하구나, 라고 생각했다.

사월의 태양빛이 카페 안으로 깊숙이 밀려 들어왔다. 천정에는 루이 암스트롱이 색소폰을 연주하고 있었고 황금색의 악기가 태양빛을 반사했다. 그 빛은 수의 날씬한 몸을, 적당히 부풀어 오른 젖가슴을 부드럽게 애무했다. 수는 황금빛의 애무에 흠뻑 젖어 있었다. 그는 자신이 태양빛이기를 바랐다.

'동해안 별신굿'이 석사 논문의 주제야. 아직 진학도 안 했는데 벌써 논문을 준비하니? 수는 머쓱한지 양 어깨를 살짝 움직였다. 국문과 대학원에 갈 계획이라고 했다.

그들은 카페를 나와 청사포로 향했다. 오르막을 거쳐 벚꽃이 날리는 연인의 길을 걸었고, 해월정을 지나 달맞이 길로 접어들었다. 길 끝에는 작은 다리가 하나 있었다. 그들은 다리 중간에 서서, 청사포를 향해 아래로 뻗어 있는 낡은 집들을 내려다보았다. 멀리 바다에서 시원한 바람이 불어왔다. 상큼한 미역 향을 품은 갯바람이었다. 수는 눈앞에 펼쳐진 바다를 바라보며 말했다.

평화로운 풍경이었다. 왼쪽 언덕에는 작은 텃밭들이 있었고, 밭고랑 사이에는 패랭이와 민들레가 바람에 흔들거렸다. 기찻길을 경계로 아랫마을과 윗마을로 나뉜 곳. 동해의 마지막 어촌인 청사포. 미역을 채취하는 배들이 섬처럼 떠 있었고 바다는 프러시안 블루였다. 바람에 날리는 수의 머릿결에서 재스민 향이 풍겨왔다.

환, 저 바다를 좀 봐. 너무 그리웠어, 프러시안 블루로 물든 청사포가. 블루는 생명이기도 하고 죽음이기도 하지. 맞아. 엄청난 이율배반을 가진 색깔이야. 저 작은 포구에는 잔잔한 이야기가 하나 있어. 무슨? 푸른 뱀에 얽힌…… 그래? 그리고 삼 년마다 별신굿이 열리기도 해.

그들은 청사포로 가는 길로 접어들었다. 오래된 절이 있었고, 그 맞은편에 낡은 찻집이 보였다. 안으로 들어간 그들은 창가에 자리를 잡았다. 창문 너머에는 수평선이 아득하게 펼쳐져 있었다.

솔잎차를 한 모금 마신 수는 '푸른, 뱀 청사포'란 노트를 꺼냈다. 이 노트는 논문 자료집이야. 별신굿, 대보름날의 풍경, 해녀들의 모습이 담겨 있어. 수는 조심스레 환에게 노트를 건넸다.

볼 만해? 흥미롭군. 아내를 찾기 위해 저승으로 간 오르 페우스의 이야기와 흡사해. 오르페우스? 괜찮은 비유야. 남편을 만나기 위해 푸른 뱀을 타고 용궁으로 가는 여인이라. 푸른 뱀의 이야기는 비극을 극복하는 한 여인의 아름다운 이야기야. 환은 고개를 끄덕였다. 수는 잠시 유리 창으로 고개를 돌려 바다를 쳐다보았다. 목선이 유난히 고운 수였다. 다시 환을 바라보는 수의 눈동자에 푸른빛이 가득 들어 있었다.

계단에 앉은 환은 그녀의 목소리가 귓가에 들리는 듯한 착각을 느낀다. 색소폰 카페에서 수는 기찻길이 외로워 보인다고 말했다. 철로 옆의 길섶에는 후손들이 돌보지 않은 무덤 하나가 외로이 놓여 있다. 무덤 주변으로 바람에 잘게 분해된 솔잎이 너울너울 떨어진다. 그는 오르막 길을 가기 위해 몸을 일으킨다.

해마다 사월이면 벚꽃이 난분분하게 날리던 길. 환은 '연인의 길'을 지나 퇴색한 낙엽이 붙어 있는 벤치로 다가

간다. 그는 벤치에 앉아 멀리 정자 입구에 설치된 현수막을 쳐다본다. 청사포에서 별신굿이 열린다는 글자가 적혀 있다. 환은 품속의 결정문을 꺼내 다시 읽어본다. 콘크리트처럼 차가운 언어들. 그것들은 종이를 딛고 날아올라 미립자처럼 환의 주변을 돌아다닌다.

구 사장이 기초 말뚝을 다 박던 날, 환은 현장 사진을 여러 컷 찍었다. 일부러 구 사장에게 말뚝을 가리키는 포즈를 취해라고 말하기도 했다. 그 사진 속에는 기초 말뚝의 수가 담겨 있었다. '그때 출력한 사진을 버리는 게 아니었는데.' 환은 그때를 생각하며 새삼스레 후회한다. 이미 지나간 일이다. 그는 다시 몸을 일으킨다.

연인의 길을 지난 환은 오르막 끝 지점에 위치한 정자로 올라간다. 멀리 수평선의 구름 사이로 햇살이 초라하게 비친다. 정자 마당의 월계수 사이로 청사포 끝자락이 조금 보인다. 푸른 이끼가 해안가 바위에 피어 있다. 날개를 접은 갈매기들이 고개를 숙인 채 차가운 바람을 맞고 있다.

이 년 전. 공모전을 통해 구청 별관의 설계를 따 낼 때, 그에겐 희망이 있었다. 별관은 칠 층짜리 건물이었다. 그로서는 충분한 이윤이 보장되는 계약이었다. 그때 환은 한 마리 방울새가 품속으로 포르르 날아오는 느낌을 받았다.

환은 한 달간의 철야 작업 끝에 기본 설계를 겨우 끝냈다. 이제 남은 것은 외벽 색깔을 정하는 것이었다. 그는 부구청장과 도 계장에게 세 가지 샘플을 보여주었다. 아이보리 바탕에 화이트 톤, 회색 계열의 색감에 진초록, 그리고 엷은 분홍색 바탕에 흑색이었다.

뭔가 시원하고 화끈한 색감 없어? 원래 외벽은 선택 폭이 좁습니다. 비대한 몸집의 부구청장은 맘에 들지 않는지 이마를 찡그렸다. 약간 파란색이 들어가는 것은 어때요? 길쭉한 턱을 가진 도 계장이 총냥이처럼 끼어들었다. 어, 그것 괜찮은데? 파란색 좀 칠해보소.

마지못해 환은 블루 연필을 집어 들었다. 블루는 외벽 칼라로 그가 잘 선택하지 않는 색이었다. 파란색은 일견 밝은 색이지만 한편으론 차가운 색이었다. 그런 색을 관공서 건물에 칠한다는 것은 그의 예술적 자존심이 허락하지 않았다. 허나 그들의 요구를 외면할 순 없었다. 환은 스태들러 색연필을 가볍게 쥐고서 중요한 부분에는 블루를, 나머지 부분에는 아래로 갈수록 그린을 점점 진하게 칠했다. 일종의 그러데이션 기법이었다. 그들은 만족했다. 결국 전체적인 외벽 색깔은 파스텔 톤의 그린 바탕에 블루로 결정되었다.

허탈한 마음으로 구청을 나서면서 환은 심한 열패감에 시달렸다. 자신의 창조적 능력이 무시되는 것이 견디기 힘들었다. 반투명의 트레이싱 페이퍼에선 엷게 우려낸 재스민 향이 풍겨왔다. 그 향을 맡으며 종이 위에 가냘픈 선들을 긋다 보면 어느새 하나의 형상이 나타났다. 그것들은 직선과 곡선으로 이루어진 화법기하학의 표현물이었지만 그에게는 아름다운 작품이었다. 그는 평생 그런 예술을 하고 싶었다.

환은 정자 맞은편의 호텔을 쳐다본 후 손목시계를 본다. 두시 삼십분이다. 그동안 도 계장의 전화가 몇 번 걸려왔다. 그는 일부러 받지 않았다. 환은 잠시 갈등한다. 그들을 만나기 싫지만 뭔가 단호한 의지를 보여주는 것도 좋겠다는 판단이 든다. 놈들에게 분명히 말해야겠어. 구 사장은 분명 나를 속였어. 개자식. 그는 정자에서 일어선다.

민 소장, 취하하소. 어차피 당신에겐 아무 증거도 없잖아? 환이 자리에 앉자마자 도 계장은 달래듯이 말한다. 그리는 못해요! 그의 목소리에 힘이 들어간다. 내 잘못이 있다면 구 사장의 편의를 봐 준 거요. 이런 젠장! 무슨 편의를 봐 줘? 당신 정말 이럴 거야? 두툼한 몸집의 구 사장이 달려들 듯 목소리를 높인다. 그는 도 계장의 대학 동기다. 시공 잘못인데 내가 왜 절반을 부담해? 시공 잘못 좋아하네. 말뚝 수를 줄여도 좋다고 당신이 말했잖아! 그렇게 말했지. 그런데 당신은 그 숫자를 더 줄였어! 웃기고 있네. 증거 있어? 환은 증거라는 말에 입을 다물고 말았다. 증거, 증거…… 구 사장은 비열한 웃음을 띠며 환을 노려본다. 자자, 두 사람. 차 한 잔 마시고 천천히 이야기합시다. 도 계장은 짐짓 구 사장에게 웃음을 보내며 달래듯이 말한다.

커피를 단숨에 마신 구 사장은 다시 톤을 높였고 환은 그와 한참 동안 언쟁을 벌인다. 그래, 끝까지 가보겠다 이 거지? 좋아, 그렇게 해보시지. 구 사장이 자리에서 벌떡 일어나 출입문을 박차고 나가 버린다.

그는 허탈했다. 도 계장의 부탁을 받고 구 사장을 만난 것이 실수였다. 일식집에서 만난 구 사장은 봉투를 내밀 며 말뚝 수를 줄여달라고 했다. 공사를 총괄하는 도 계장 도 큰 하자 없으면 그렇게 하자고 바람을 넣었다. 벌써 두 툼한 봉투를 건네받은 눈치였다. 환은 망설이다가 구조설 계 사무실로 전화를 걸었다. 십 퍼센트 정도 줄여도 좋다 는 답변이 돌아왔다. 환은 구조기술사에게 변경된 구조계 산서를 요구했다. 기술사는 다소 머뭇거리더니 도 계장을 통해 보내주겠다고 답변했다. 그는 도 계장의 후배였다. 환은 구 사장에게 그 이상은 줄이지 않겠다는 약속을 받 았다. 그게 결정적인 실수였다. 설마 선배 친구인 도 계 장이, 그의 동기인 구 사장이 자신을 속일 거라고 생각하 지 않았다. 분명 구 사장은 도 계장과 짜고 말뚝수를 많이 줄였어. 그렇지 않으면 부동침하 현상이 나타날 리 없어. 환은 입술을 잘근 씹었다.

일 년에 걸쳐 시공된 별관은 준공된 지 삼 개월 만에 왼쪽으로 기울고 말았다. 환은 다각도로 문제점을 분석했다. 결론은 기초가 약한 탓에 부동침하 현상이 벌어진 것으로 판명되었다. 구청은 구 사장에게 재시공을 요구했고 그는 설계 잘못을 들먹였다. 그때 환은 아찔했다. 기초 말뚝을 줄이는 게 아니었다는 후회가 몰려왔다. 두 사람 사이에 분쟁이 벌어지자 구청은 소송을 제기했다. 여태껏 완벽한 설계를 했다고 자부했던 환이었다. 구 사장과 도 계장을 믿은 것이 잘못이었다. 도 계장, 저 교활한 새끼. 저놈은 분명 진실을 알고 있어. 구 사장에게 뇌물을 받고 절반씩 몰아가자고 야합했겠지.

환은 증오의 눈길을 도 계장에게 보낸다. 그 눈빛에 도 계장은 잠시 주춤거린다. 당신도 인생 그리 살지 마! 환은 테이블을 내려치며 거칠게 일어선다. 분노로 몸을 떨던 환은 호텔을 나와 청사포 방향으로 걸어간다. 조금 있으니 야외 놀이마당이 나타난다. 그는 목재 덱에 앉아 반월형의 모습으로 고적하게 앉아 있는 야외무대를 응시한다. 환은 다시 수의 노트를 꺼낸다. 연필로 써 내려간 문자들 사이로 수의 얼굴이 작게 보인다.

수를 다시 만난 지 두 달이 지난 유월의 어느 날이었다. 오후의 태양빛이 청사포에 긴 석양을 드리운 날이기도 했다. 방파제 위에서 수와 환은 바다를 바라보았다. 그 앞에는 참고동과 전복을 파는 해녀들이 있었다. 테트라포드를 때리는 파도가 분해되면서 하얗게 날렸다. 그들은 방파제를 떠나 남쪽의 해안도로 위를 걸어갔다. 흰 등대가 보였고 등대 조금 못 미친 곳에 마을 유래비와 커다란 소나무가 서 있었다.

푸를 靑, 모래 沙, 갯가 浦. 푸른 모래의 포구. 시적 상상력을 불러일으킬 정도로 동해안 포구 중에서 가장 아름다운 이름이야. 수는 검게 윤이 나는 유래비의 글귀들을 손가락으로 짚었다. 모래 사가 아닌 뱀 사자를 넣으면 푸른 뱀의 포구가 되지만. 뱀이라고? 환은 약간 놀란 표정을 지었다. 수는 장난스럽게 웃었다. 뱀이 사탄의 현현이라는 사고는 기독교적 교조에 불과해. 뱀은 풍요와 다산의 상징이야. 왜 그렇지? 뱀은 성스러운 용의 씨앗임과 동시에 남근의 상징이지. 남근은 생산력을 의미해. 그들은 몸을 뒤로 돌려 망부송을 쳐다보았다. 수령 삼백 년의 망부송에는 김 씨 여인의 이야기가 서려 있었다. 밑둥치에서 두 갈래로 뻗어나간 가지가 자못 웅장했다. 망부송 주위에는 아이보리색 담장이 있었고 아담한 당집이 나무 밑에 앉아 있었다.

동해안 별신굿에서 무녀가 쓰는 고깔은 뱀의 머리를 뜻하는 거야. 재미있는 분석이네. 굿은 死者의 영혼을 달램과 동시에 산 자들의 풍요를 비는 의식이야.

두 사람은 마을 북쪽으로 발걸음을 옮겼다. 이 백 미터쯤 가니 횟집이 보였고 그 옆 공터에는 화강석 비가 하나 있었다. 그들은 횟집 안으로 들어갔다.

회가 나오는 동안 수는 노트에 연필을 갖다 댔다. 뭘 적어? 아까 방파제에서 본 해녀들의 모습을 적고 있어. 질박한 삶의 흔적이 느껴지는 모습이라서. 환은 그 연필을 유심히 쳐다보았다. 어디서 본 듯했다. 그거 어디서 났어? 기억 안 나? 예전에 환이 나에게 준 거야. 내가? 기억해봐. 연필과 뱀은 어딘가 닮은 구석이 있어. 둘 다 남근을 상징하지. 수는 의아해하는 환의 눈을 쳐다보며 야릇한 웃음을 지었다.

사위는 차츰 진한 옻빛으로 물들어갔다. 어느새 두 사람은 바싹 붙어 있었다. 그동안 그들은 몇 차례 키스를 했고, 서로의 몸을 어루만졌다. 환. 청사포에 전해져 오는 푸른 뱀의 의미가 무엇인지 알아? 글쎄, 잘 모르겠다. 숙제야. 한 번 생각해봐. 숙제라. 그 숙제를 풀면 환에게 커다란 선물을 주겠어. 어떤 선물? 수는 대답 대신 연필 끝을 입술로 가볍게 물었다. 그녀의 얼굴이 붉어졌다.

건축사 시험을 치르느라 환은 한동안 수를 만나지 못했다. 합격자 명단이 발표되던 날, 환은 들뜬 목소리로 수에게 결과를 알렸다. 그들은 다음 날 방파제에서 만났다. 토요일이었다. 사람들이 코트 깃을 여미며 바삐 걸어가는 초겨울이었다. 방파제 옆 파라솔은 투명한 비닐로 바닷바람을 막고 있었다. 수와 환은 전기난로를 옆에 두고 소주를 마셨다.

숙제를 풀었어. 해삼을 우물거리며 환은 자신에 찬 목소리로 말했다. 그래? 전복을 집던 그녀는 손을 멈추었다. 푸른색은 생명과 죽음의 의미를 동시에 내포하고 있는 색이야. 수는 진지하게 귀를 기울였다. 청사포의 푸른 뱀은 용왕의 차사야. 용궁은 산 자들이 가는 곳이 아니야. 결국 푸른 뱀은 소멸을 의미하는 거야. 천만에! 환의 분석은 틀렸어. 수가 고개를 흔들었다. 푸른 뱀은 다른 의미를 갖고 있어. 김씨 여인은 남편이 끝까지 살아 있다고 믿었어. 그래서 뱀이 그녀를 남편에게 데려간 거야. 환은 조금 당황했다. 학자가 되려면 전설의 이면을 냉정하게 볼 필요가 있어. 냉정하게? 그 아름답고 슬픈 이야기를?

파라솔을 나온 그들은 북쪽 해안가로 걸어갔다. 손장군비가 보였다. 검은 마천석으로 만들어진 비석 몸체에 하얀 버캐가 피어 있었다. 수는 비석 맞은편의 바다를 유심히 쳐다보았다. 썰물 때라서 푸른 이끼를 머금은 바위들이 드러나 있었다.

그들은 청사포 끝자락에 있는 조개구이 집으로 들어갔다. 청자갈이 깔린 바닥 위에 몇 개의 원형 테이블이 있었다. 수는 청사포 일기를 꺼내 환에게 보여주었다.

〈푸른 뱀의 성적인 상징〉

'청사포에 전해져 오는 이야기에는 다양한 성적인 상징이 등장한다. 허물을 벗는 뱀은 표피를 밀어젖히면서 발기하는 남근을 상징한다. 푸른 뱀이 김 씨 여인을 찾아왔다는 것은 그녀가 다른 남자와 성적인 교접을 했다는 의미다. 결국 푸른 뱀의 이야기는 김 씨 여인이 새로운 인연을 만들어가는 과정을 은유적으로 표현한 것이다.'

결말에 대한 해석이 신선한데. 김씨 여인의 변신이 급작스럽긴 하지만. 왜, 성녀에서 색녀로 둔갑했다고? 성적인 상징이 갑자기 부각되는 느낌이 들어서. 난 사실 성적인 상징이 더 맘에 드는데. 그래? 수 너도 가만 보니 약간 음흉한 데가 있어. 환은 장난기 어린 웃음을 지었다. 음흉한 것은 너야. 수는 살짝 눈을 흘겼다. 환은 나에게 연필을 주었어. 무의식중에 나와 자고 싶다는 욕망을 드러낸 거야. 안 그래? 환은 쑥스럽게 웃었다. 가만 들어보니 수의 말이 맞는 것 같았다.

그날 밤, 처음으로 환은 수의 문을 열었다. 청사포가 훤히 내려다보이는 블루비치 호텔에서 두 사람은 성스러운 뱀의 축제를 열었다. 환의 뱀은 표피를 뒤로 밀어 젖힌 채 수의 몸속에서 격정적으로 꿈틀거렸다. 그리고 석 달 후, 두 사람은 부부가 되었다.

결혼 후 대학원에 갈 예정이었던 수는 예기치 않은 임신을 하게 되었다. 수는 못내 아쉬워했다. 아이가 태어나고 어느 정도 자라자, 수는 다시 진학을 생각했다. 그러나 이번에는 경제적인 문제가 닥쳤다. 건설 경기가 나빠지면서 환이 어려움을 겪게 되었다. 관공서의 수의 계약도 줄어들었다. 낮에는 건축주들에게 시달리고, 밤에는 원가도 못 건지는 설계도를 그리는 일에, 환은 차츰 염증이 났다.

걱정 마. 그 언젠가는 당신이 원하는 예술로서의 건축을 할 수 있을 거야. 수는 피곤에 지친 환을 안으며 다독이곤 했다. 당신은 능력 있는 건축사야. 건물을 예술작품처럼 만드는 디자이너라고. 미안해. 당신에게 공부할 기회를 줘야 하는데. 괜찮아.

환의 사업은 어려워지기만 했다. 결국 보다 못한 수가

다시 직장에 다녀야 했다. 수의 경제적 지원에 힘입어 환도 차츰 활기를 찾았다. 선배가 소개해 준 도계장의 도움으로 수의계약을 받으면서 현찰이 돌기 시작했다. 민간 설계도 늘어나서 예전보다 많이 나아졌다. 그러던 차에 도 계장의 정보로 별관 공모전이 있다는 것을 알게 되었다. 환은 치밀하고 섬세한 감각을 발휘해서 당당히 일등을 했다. 누구보다 기뻐한 사람은 수였다. 역시 당신이라며, 예술가로서의 감각이 빛을 발한 거라며 환을 자랑스러워했다.

이제 나도 대학원에 갈 수 있겠네. 그것 봐. 희망을 잃지 않으면 기회는 오는 법이야. 난 학위를 받아 출강할 것이고, 당신은 르 코르뷔지에 같은 위대한 건축가가 될 거야.

놀이마당 덱에 앉아 노트를 읽던 환은 청사포에서 들려오는 북소리에 귀를 기울인다. 본격적으로 별신굿이 벌어지고 있는 모양이다. 환은 잠시 눈을 감고 수의 노트에 나오는 용왕굿의 모습을 상상한다.

크고 작은 신대와 흑애등이 해풍에 날리는 가운데, 차일 안에 마련된 굿청이 떠들썩하겠지. 푸른 저고리와 화려한 고깔로 단장한 세습 무가 사람들 사이를 돌아다니며 춤을 출 것이다. 양중들의 반주가 경쾌하게 울리는 가운데, 세습 무는 오색 지화가 날리는 제당 앞에서 무가를 부르기도 할 것이다. 고깔은 뱀의 머리를 상징한다고 수는 말했다.

덱에서 일어선 환은 숲속으로 걸어가 자드락길로 접어들었다. 울연한 소나무 사이로 바다와 평행하게 달리고 있는 기찻길이 보인다. 철길을 가로질러 조금만 더 내려가면 청사포가 나타날 것이다.

청사포의 풍경은 여전히 변함없었다. 흰 등대와 빨간 등대는 방파제를 거느리며 유적하게 서 있었다. 방파제 안에는 작은 어선들이 조용히 앉아 있었고, 포구의 물결은 푸르게 출렁거렸다. 환은 망부송을 향해 걸음을 옮긴다. 망부송 앞에 도착하니 신을 부르는 소리가 장엄하게 들려온다. 별신굿이 절정에 치닫는지 세습무의 노래가 음전하게 울려 퍼진다. 사람들이 제당을 향해 연신 절을 하고 있다. 그는 망부송의 맞은편 해안가 바위에 앉아 다시 노트를 펼친다.

'굿은 신을 달래는 행위이다. 신을 달래면서 살아 있는 자신을 발견하고자 함이다. 푸른 뱀은 산 자들의 염원을 안고 있는 오브제이다. 이런 점에서 푸른 뱀과 별신굿은 깊은 연관이 있다. 왜 하필 푸른 뱀이 등장할까? 분명 청 사포에는 푸른 뱀과 관련된 것이 있을 것이다.'

환은 노트를 덮으며 바다를 본다. 그날, 수가 동해안 답 사만 떠나지 않았다면. 그는 못내 아쉬웠다. 만일 수가 살 아 있었다면, 영리하고 섬세한 그녀의 감각으로 환의 어 려움을 풀어낼 단서를 찾아 주었을지도 몰랐다. 지금 그 에겐 그 어떤 희망도 없다. 2심 재판도 그의 패배로 귀결 될 것이다. 더 이상 재판을 끌어봤자 비용만 들 것이고, 시간만 더 걸릴 뿐이다. 그는 고개를 세차게 흔든다. 그 날이 떠오르는 것이 너무 싫었다.

아침부터 이슬비가 내리던 날이었다. 그날 저녁, 환은 수의 답사 준비를 돕기 위해 오랜만에 집에 일찍 들어왔다. 그들은 함께 마트에 가서 여행 물품을 샀으며 오랜만에 레스토랑에서 외식도 했다. 대학원에 진학한 수는 2박 3일 일정으로 동해안 답사를 떠날 예정이었다. 답사 목적은 동해안의 성 신앙에 관련된 민담을 채집하는 것이었다. 수는 내일도 비가 올까 봐 약간 불안한 표정을 지었다. 그녀는 푸른 용의 민담이 전해오는 해랑당을 답사하지 못할까 봐 걱정하고 있었다. 청사포 이야기와 유사하기에 그녀는 해랑당에 꼭 가고 싶었다.

수가 거실에서 여행 가방을 꾸리는 동안, 환은 서재에서 카메라의 사진을 노트북에 옮겼다. 그는 쓸모없는 사진들을 삭제하면서 중요한 것들을 골라냈다. 새 폴더에 공사 사진을 옮긴 그는 포토 프로그램으로 사진을 보정했다. 그는 먼저 기초말뚝 사진들을 불러냈다. 그중에는 구 사장이 기초 말뚝을 손으로 가리키는 것도 있었다. 작업을 마친 그는 시험 삼아 몇 장을 출력했다. 프린터 상태가 좋지 않은지 그다지 선명한 사진이 나오지 않았다. 환은 나중에 다시 인쇄할 생각으로 사진이 박힌 종이를 재활용 박스에 버렸다.

다음 날이었다. 비는 그쳤고 동쪽 하늘의 구름 사이로 엷은 햇살이 비쳐들었다. 수의 표정이 환해졌다. 환은 출근하면서 잘 다녀오라고 수에게 말했고, 수는 환을 안으며 걱정마라고 속삭였다. 수는 아들을 놀이방에 맡긴 후에 집안 청소를 하며 분주한 시간을 보냈다. 아직 두 시간 정도 여유가 있었다. 거실 청소를 끝낸 그녀는 재활용 박스를 정리하면서 환이 버린 이면지를 골라냈다. 짐을 다 꾸린 그녀는 이면지에 답사 관련 자료를 프린트했다. 그녀는 프린트한 자료를 플라스틱 파일 안으로 집어넣고 가방을 꾸려 집을 나섰다.

　그녀가 답사를 떠나자 환은 아들을 돌보러 집에 일찍 들어왔다. 집안은 말끔하게 정리되어 있었다. 재활용 박스도 비어있었고, 거실에는 먼지 한 톨 없었다. 아들은 환에게 부루마블 게임을 하자고 조르기 시작했다. 환은 오랜만에 아들과 게임을 하며 즐거운 시간을 보냈다. 전화벨이 울렸다.

　'지금 강릉 헌화로를 달리고 있어.'

　수가 경쾌한 목소리로 행선지를 알렸다. 오늘 밤은 강

릉 시내에서 1박 하고 내일 안인진리로 넘어가서 해랑당
을 답사한다고 했다.

그 다음 날이었다. 환은 현장으로 출근해서 오전 내내
감리 업무를 수행했다. 점심을 먹으러 식당으로 가던 환
은 경찰의 전화를 받았다. 수의 남편임을 확인한 경찰은
안타깝다는 어투로 수의 사망을 알렸다.

'절벽 아래로 떨어졌어요. 답사단이 아침 일찍 해랑당
으로 간 모양이에요. 그 사당은 해안가 절벽 위에 있죠.
그곳으로 가는 길은 무척 가파르고 좁아요. 사람이 오랫
동안 다니지 않아 잡초가 무성한 곳이죠. 한 발만 삐끗하
면 바로 절벽 아래로 떨어지는 위험한 곳입니다. 예전에
도 사고가 많았던 곳이죠. 목격자들에 의하면 지도 교수
가 비에 젖은 풀에 미끄러져 휘청거렸대요. 아내분이 바
로 뒤에 붙어 있었는데, 교수를 잡으려다 같이 몸이 쏠린
거예요. 두 분 다 추락해서 사망했어요.'

갑자기 환의 귓가에 쿵 하는 소음이 몰려왔다. 심장을
분해하는 통증이 온몸을 휘감았다. 환은 강릉으로 미친
듯이 차를 몰았다. 끔찍했다. 수의 몸은 처참하게 부서져

있었다. 꿈이라고 생각했다. 눈물조차 나오지 않았다. 수는 그렇게 일 년 전에 한 줌의 재로 변하고 말았다. 환은 수의 유골을 손 장군비 맞은편의 바다에 뿌렸다. 바다 주변으로 짙은 해무가 몰려왔다. 아들은 엄마의 죽음을 알지 못했다. 환은 아들의 여린 손에 유골 가루를 한 줌 쥐여 주었다. 밀가루처럼 생겼네. 아들은 장난치듯이 유골 가루를 바다에 뿌렸다. 환이 아들의 손을 꼭 붙잡고 집으로 돌아올 때, 해무는 는개처럼 변해 여린 비를 지상에 뿌리고 있었다.

굿판이 모두 끝났는지 사람들이 거리로 나온다. 양중을 선두로 무녀 일행이 손장군비 쪽으로 몰려간다. 환은 그들의 뒤를 따라간다. 할머니들이 손장군비 맞은편의 바다로 제물들을 던진다. 갈매기들이 날아온다. 환은 방파제 위에 앉아 새들을 바라본다. 수의 영혼이 머물러 있는 곳이다. 사람들이 청사포 끝자락의 바닷가로 걸어간다. 얼마 후 그들은 기찻길이 놓인 언덕으로 올라갈 것이다. 행렬의 끝에는 아이들이 따라다닌다. 그중 아들 또래의 어떤 꼬마가 제 몸 만 한 황구를 끌고 있다.

바다를 바라보던 환은 고개를 숙이며 입술을 깨문다. 참 지독히도 운이 없었다. 낡은 출입문을 따고 침입한 도둑이 노트북과 카메라를 훔쳐 가고 말았던 것이다. 장례식을 마치고 오랜만에 사무실에 출근한 날이었다. 외근을 다녀온 사이에 그것들이 몽땅 사라졌다. 그가 저장해 놓은 모든 자료들이 통째로 없어진 것이다. 건물이 기울어지면서 재판이 벌어지자 그에게는 기초 말뚝에 관한 자료가 절실했다. 구조기술사는 변경된 구조 계산서를 도 계장에게 줬다고 했다. 도 계장은 받은 적이 없다며 발뺌했고, 기술사는 재발급을 거부했다. 모든 것이 그에게 불리했다. 기초말뚝에 관한 사진도, 구조계산서도 없었다. 도 계장과 구 사장은 한 통속이 되어 그를 파국으로 몰고 갔다. 그때 그는 출력한 말뚝 사진을 떠올렸지만 그것들은 이미 사라진 뒤였다.

환은 바닷가 언덕으로 걸음을 옮긴다. 언덕에는 동해남부선이 놓여 있다. 철길 주변에는 자갈이 깔려 있고, 오른쪽에는 낡은 해안초소가 있다. 아까 봤던 그 꼬마가 황구와 더불어 초소 안에서 장난을 치고 있다. 녹슨 기찻길은 초소와 커다란 바위 사이에서 곡선을 이룬 채 송정해수욕장으로 뻗어 있다. 그는 시계를 본다. 네시 십 분 전이다. 수는 기차가 지나가는 시각을 아침부터 밤까지 세밀히 기록해놓았다. 만일 수의 기록이 정확하다면 네 시 정각이 되면 동해남부선 위로 기차가 지나갈 것이다.

철길을 한참 바라보던 환은 조심스레 레일 사이로 들어간다. 녹슨 기찻길에는 바다에서 반사된 푸른빛이 점점이 스며있다. 그는 노트를 들고 기차가 나타나기를 기다리던 수의 모습을 상상한다. 수는 동해 남부선을 지나는 기차의 기적 소리가 프러시안 블루처럼 들렸다고 적어놓았다. 그녀는 자신을 위협하는 경적소리마저 푸르다고 표현했던 것이다.

레일 안에서 환은 죽음을 생각한다. 여기 이대로 있으면 찰나의 순간에 나는 소멸의 푸른 뱀을 만나겠지. 나의 붉은 내장에서 흘러나온 피는 레일과 침목을 적실 거야. 그러나 발길을 단 한 번만, 단 한 번만 레일 밖으로 옮긴다면 생명의 푸른 뱀을 만나게 되지. 환은 레일 위로 양쪽 발을 나란히 올려놓는다. 죽음이기도 하고 삶이기도 한 그 경계선 위에서 환은 잠시 눈을 감는다. 레일이 미세하게 흔들린다. 기차가 다가오는 모양이다.

갑자기 아이의 고함소리가 들려온다. 환은 눈을 번쩍 뜬다. 황구가 레일 안으로 들어가려고 하자 아이가 딸려가지 않으려고 안간힘을 쓰고 있다. 아이는 서서히 레일 안으로 끌려가고 있다. 저 멀리서 작은 점 하나가 희읍스레하게 보인다. 다급했다. 환은 줄을 놓으라고 외친다. 아이는 저도 모르게 목줄을 놓는다. 환은 가방을 자갈 위에 팽개치면서 달려가 아이를 안고 급히 뒤로 물러선다. 기차가 요란스러운 기적소리를 내며 지나간다. 캥하는 비명을 들은 것 같다. 혹시? 환은 기찻길에서 황구의 죽음을 다시 목격할까 봐 두려웠다. 이 아이도 환이 보았던 그 처참한 장면을 볼지도 모른다. 기차가 지나간 후, 환은 맞은편을 바라본다. 어느새 건너갔는지 황구가 꼬리를 치며 이쪽을 쳐다보고 있다.

그는 멀어져 가는 기차를 멍한 시선으로 쳐다본다. 이제 그에게 남은 것은 고즈넉이 앉아 있는 S자 철길과 물결이 일렁거리는 바다이다. 삼월의 태양은 투명하게 빛나고 있고, 청아한 색감을 자랑하는 바다는 눈이 시리도록 푸른빛이다. 그는 기차가 지나간 녹슨 철길을 하염없이 바라본다.

아이와 황구는 언제 그랬냐는 듯이 다시 장난을 치며 언덕을 내려간다. 환은 뒤돌아서서 자갈 위에 떨어져 있는 가방으로 다가간다. 가방이 팽개쳐지면서 그 안에 있던 잡동사니들과 플라스틱 파일, 노트가 사방에 흩어져 있다. 바람이 불어와 파일의 비닐들이 휙휙 넘어가다 멈춘다. 환은 고개를 숙여 물건들을 차례로 가방에 담는다. 마지막으로 파일을 집어 들려는 찰나, 그는 어떤 이면지를 발견한다. 뚫어져라 그것을 보던 환은 파일을 집어 가방 안에 넣는다.

환은 고개를 든다. 바다를 향해 길게 연결된 푸른 암초들이 점점 하나의 형상으로 보인다. 그는 프러시안 블루로 물든 바다를 오래도록 내려다본다.

안개가 깊어지면 는개가 된다

그때, 나는 서문 망루에 앉아 맞은편 숲속을 쳐다보았
어. 때죽나무와 가문비나무, 상수리나무가 는개에 젖어
있더군. 모든 생명체가 호흡을 멈춘 듯, 바람도 갈 곳이
없어 머문 듯, 숲속은 북극처럼 너무나 적요했어. 나는 이
상한 기분에 휩싸여 주변을 이리저리 둘러보았지. 기시감
을 느낀 거야. 예전에 이런 풍경을 본 기억이 나는 거야.
혹자는 그 감각이 뇌의 착각이라고 말했어. 또 누군가는
잠재된 기억이 나타난 결과라고 했지. 어쨌든 처음 온 곳
이라고 생각하는 것도 나란 존재이고 예전에 한 번 왔던

곳이라고 생각하는 것도 나란 존재야. 왜 이런 생각이 드는 건지. 분명 처음 온 곳인데 말이야. 나는 망루 안의 텅 빈 공간 속에서 존재의 부피를 가진 채, 두 생각 사이에서 갈등하고 있었어.

지루하게 내리던 비는 차츰 는개로 변하면서 힘을 잃어가더군. 는개는 엷어지면서 안개가 되기도 했고 깊어지면서 이슬비가 되기도 했어. 뭐랄까? 나는 그런 풍경이 타르코프스키의 영화에 나오는 한 장면이라고 생각했어. 가까운 사이도 먼 사이도 아닌, 안개와 는개가 만들어 낸 환상적인 풍경. 계절은 9월의 중순이었지.

나는 천천히 일어서서 망루 끝으로 다가갔어. 水口 세 개가 나란히 뚫려 있는 성곽을 내려다보았지. 홍예로 이루어진 수구는 계곡 위에 간잔지런하게 놓여 있었어. 산성의 사대문 중에서 유일하게 계곡 옆에 세워진 문이 바로 서문이야. 가장 조형미가 뛰어나고 아름다운 문으로도 유명하지.

갑자기 핸드폰이 요란하게 울리기에 나는 폰을 들었어. 최 선생, 보고서는 언제 완성돼요? 한 달쯤 걸린다고 말씀드렸는데… 무슨 소리! 보름 만에 완성하소! 대학교 이사장의 비서인 윤실장이었어. 놈은 고압적으로 말하고는 전화를 툭 끊어버렸지. 건방진…… 나이도 어린놈이! 나는 불쾌감에 휩싸였어. 시간 강사와 일본 유학을 거쳐 박물관 학예실장으로 근무한 지 삼 년쯤 되었나. 늙은 이사장은 내가 근무하고 있는 사립대학 박물관을 직접 운영했지. 그는 산성의 동문과 서문을 조사해서 보고서를 만들라고 지시했어. 시청 문화재국과 공동으로 복원 사업을 할 거라나 머라나. 얼핏 시계를 보았어. 오후 세시가 조금 넘었더군.

느개는 은밀하게 계속 내렸어. 그 느개를 바라보며 나는 자연스레 그녀를 떠올렸어. 서럽도록 연약한 비가 내리던 날, 박물관 앞 길모퉁이에서 나는 오래도록 그녀를 기다렸어. 나트륨 등이 희미하게 피어 있었고, 잔디밭 사이로 디딤돌을 이루고 있는 문경석이 비에 젖어 있었지. 돌바닥에 그녀의 실루엣이 스며들면 나는 어두운 가로등 뒤로 숨어버렸어. 자늑자늑하게 걸어오는 그녀의 모습은 내 심장의 피돌기를 빠르게 했어. 그런데 그거 알아? 사랑의 슬픔은 내가 사랑하는 사람이 나를 사랑할 자유도, 사랑하지 않을 자유도 가진 존재라는 것을. 그녀와 나는 안개와 는개 같은 사이였어. 가깝지도 멀지도 않은, 머 그런.

이런, 아직도 비를 보면서 여자를 생각하다니. 순간 머쓱한 기분이 든 나는 호주머니에서 열쇠고리를 꺼냈지. 자동차 키와 미니 플래시, 그리고 작은 고동 모형이 달려 있는. 그것들을 나는 오래도록 내려다보았어. 나는 이 모형을 왜 아직도 간직하고 있는 걸까? 그녀에 대한 그리움과 그에 대한 미안함 때문에? 다시 호주머니에 열쇠고리를 넣은 후, 나는 천천히 망루에서 내려갔어. 계곡 근처로 다가가니 맑은 물 냄새가 나더군. 디딤돌이 계곡 중앙에 다문다문 잠겨 있었어. 연푸른 이끼에 뒤덮인 돌들이 제법 앙증맞더군.

나는 그 디딤돌을 밟고 계곡을 건너갔어. 또 기시감이 몰려왔어. 옛날, 그 어느 순간 내가 이런 행동을 한 기억이 나는 거야. 고개를 갸웃거리며 첫 번째 수구水口근처로 다가갔지. 사각형 돌들이 기하학적인 무늬를 이루며 성곽을 구성하고 있더군. 성곽 오른 편에는 작은 오솔길이 위로 비스듬히 뻗어 있었어. 어디선가 비릿하면서도 상큼한 냄새가 났어. 흙과 낙엽이 섞여서 나오는 향훈이었지. 약하게 새소리도 들려오더군. 거 참 이상했어. 내가 이 길에 서서 서문을 올려다본 기억이 나는 거야. 도대체 예전에 이곳을 방문했던 나는 누구란 말인가.

오솔길을 밟으며 나는 천천히 동쪽으로 걸어갔어. 네 시가 다 될 즈음, 내 눈앞에는 웅장한 자태를 자랑하는 동문이 나타났지. 같은 산성의 출입문인데도 어쩜 그리 다를 수가 있는지. 서문이 섬세하고 여성적이라면 동문은 선이 굵은 남성적 스타일이었어. 한참을 바라보다가 나는 동문의 건축 구조를 상세히 조사했어. 하부 성곽과 상부 망루, 기와 형태, 공포 양식 등등. 조사를 마친 나는 다시 서문으로 가기 위해 오솔길을 밟았지. 그때 또 기시감이 몰려왔어. 동문에서 이 길을 따라 서문으로 걸어 간 기억이 나는 거야. 또 기분이 이상해지더군. 길 양쪽의 숲속은 어두컴컴했어. 소나무 우듬지 사이로 희미한 빛이 스며들었어.

그 길의 중간쯤 갔을까? 껍질이 벗겨져 속살이 드러난 상수리나무가 보였어. 아무리 나무라도 벌거벗은 몸매가 무척 자닝하더군. 안 됐다는 생각을 하면서 지나가는데, 그 나무 뒤로 작은 자드락 길이 하나 보이는 거야. 근데 이상한 것은 그 나무의 자세야. 뭐랄까? 나무는 흡사 그 길이 '오프 리미츠'라도 되는 양, 수문장처럼 완고한 모습을 가지고 있었어. 호기심이 동한 나는 나무를 지나 자드락길로 들어섰지. 어느새 짙은 안개가 몰려오더니 길 주변의 숲속을 가득 채우더군. 허공을 떠도는 안개는 금방이라도 빗방울이 될 것 같았어.

한참 걸어가니 길 중간에 다시 소나무 두 그루가 나타나는 거야. 자우룩한 안개 속에 왼쪽, 오른쪽으로 휘어진 나무들의 모습은 흡사 브루노 레끼야르의 흑백사진과 비슷해 보였어. 그 소나무 뒤로는 잿빛 흙이 깔린 공터가 있더군. 신기한 것은 앞의 상수리나무처럼 소나무들도 공터의 입구를 지키는 듯한 자세를 취하고 있는 거야. 뭐야? 왜 이 나무들은 '출입 금지'라는 단어를 은밀하게 내포하고 있는 거지? 도대체 저 공터에 무엇이 있기에.

나는 소나무를 무시하고 공터 안으로 쑥 들어갔어. 갑자기 환한 공터로 들어서니 기분이 묘해지더군. 빗물을 머금은 흙바닥은 반들반들 윤이 나고 있었어. 공터 가운데에 너럭바위가 하나 있더군. 나는 바위 주변에서 담배를 한 대 피우고 서문으로 가리라고 마음먹었어. 답사를 끝내면 화명동에 사는 정선배와 만날 예정이었지.

바위 근처로 다가간 나는 천천히 담배를 피웠어. 연푸른빛을 띤 연기가 허공으로 퍼져갔어. 푸른 연기를 눈으로 좇던 나는 가장자리에 묻혀 있는 어떤 물체를 하나 발견했어. 나는 무엇에 끌린 듯 그 물체에 가까이 다가갔지. 그건, 녹슨 동판이었어. 유적한 숲속의 공터에 푸른색을 띤 동판이라니! 순간 나는 오소소한 느낌에 사로잡혔어. 담배를 바닥에 떨어뜨린 나는 무릎을 굽혀 동판을 자세히 보았지. 흙과 나뭇잎 사이로 무슨 글자들이 얼핏 보이더군.

1980년 生, 2015년 卒. 누군가의 생몰연대였어. 불과 35살의 나이에 죽음의 강을 건넌 기록이었어. 2015년이라면 내가 일본에 연구원으로 가 있던 해였어. 지금으로

부터 3년 전이었지. 나와 동년배인 누군가의 일생이 숫자 몇 개로 남아 있는 것이 어딘가 애잔했어. 누구일까. 고민하던 나는 천천히 나뭇잎을 손으로 쓸어보았지. '박민식'이라는 글자가 보였어. 순간, 내 허파를 둘러싸고 있는 갈비뼈들이 뭉텅 빠진 듯한 느낌을 받았지. 설마? 나는 급히 나뭇잎들을 한쪽으로 쓸어보았어.

'단 한 번이라도 같은 강물에 발을 담글 수는 없다.'

설마 했던 것이 현실로 나타났어. 이 경구는 그가 술만 먹으면 횡설수설 내뱉던 말이었어. 나는 천천히 몸을 일으켜 멍한 표정으로 동판을 내려다보았어. 진중한 성격에 늪처럼 깊은 눈동자를 가진 그가 떠오르더군. 이 동판의 주인은 내가 아는 그가 분명했어. 발을 담그는 그 순간에도 강물은 흘러가기 때문에 단 한 번이라도 같은 강물일 수 없다고 말하던, 바로 박민식이라는 존재였어.

❋

그와 나는 고고학과 대학원에서 처음 만난 사이였다.

그때 우리 두 사람은 서른 살이었다. 당시 지도교수는 박물관장을 겸하고 있던 신 교수였다. 가야사에 관해서는 한국 최고의 권위자인 신 교수는 깐깐하고 치밀한 분이었다. 나는 학부 졸업 후 신교수 밑에서 박사 과정을 수료하고 시간 강사를 하고 있었다. 건축학과를 나온 민식은 직장 생활을 하다가 대학원에 입학한 학생이었다. 그와 나는 동갑이었지만 엄연히 스승과 제자였다. 내가 강의했던 고 건축학을 민식이 수강했던 것이다.

나는 아버지가 일찍 돌아가신 독자였다. 가난한 집안에 키도 작고 몸집도 왜소해서 어릴 적부터 놀림을 당하며 자랐다. 나의 성격은 소심하게 변해갔고 친구들도 거의 없었다. 군 면제를 받은 나는 그 사실로 열패감에 시달리기도 했다. 다행히 공부머리가 뛰어나서 장학금으로 대학에 들어갈 수 있었다. 나는 불과 스물아홉의 나이에 고고학 박사 학위를 받았고 대학원에서 시간 강사를 하게 되었다.

고학으로 건축학과를 졸업한 민식은 삼 년 동안 문화재 보수 회사에서 기사로 일하다가 대학원에 들어온 처지였다. 그의 표현을 빌리자면 송진 가루로 샤워할 정도로 고된 날들이었다고 했다. 그는 나이보다 서너 살 어려 보였고 키도 큰 훈남 스타일이었다. 말도 조리 있게 잘했으며 손재주도 뛰어났다. 살짝 각진 그의 얼굴은 단단하면서도 푸근한 인상을 주었다. 밝은 성격과 해박한 지식 덕분에 학생들도 그를 많이 따랐다. 반면에 나는 실제보다 더 나이가 들어 보였다. 머리털도 살짝 벗겨졌고 이마에는 주름도 져 있었다. 두 사람이 걸어가면 사제 관계로 보는 것이 자연스러울 정도였다.

그와 나는 가끔 술잔을 기울이며 고 건축학에 대한 서로의 의견을 교환하기도 했다. 나는 민식의 풍부한 현장 경험을 귀담아들었고 그는 논문 작성에 관해 나에게 도움을 구했다. 스승과 제자를 떠나 그와 나는 고고학도로서 서로 통하는 데가 있었다. 그는 문화재 수리 기사답게 고 건축물에 조예가 깊었다. 신교수도 그에게 자문을 구할 정도였다.

고건축 수업을 진행할수록 민식의 실무 경험은 빛을 발했다. 손재주도 뛰어난 그는 고 건축물 모형 제작에서도 발군의 실력을 발휘했다. 반면에 나는 이론으로만 공부한 처지라 실무 부분에서는 그를 따라가지 못했다. 내가 그랭이 공법에 대해 설명하면 학생들은 좀 더 세밀한 내용을 물어왔다. 그랭이 공법은 자연석의 굴곡에 맞도록 기둥의 아랫부분을 깎아낸 후, 굴곡과 딱 맞도록 기둥을 세우는 공법이었다.

학생들이 상세하게 질문하면 나는 적당히 얼버무렸다. 그러면 내 답변에 실망한 학생들은 민식에게 고개를 돌렸다. 그는 내 눈치를 보며 머뭇거렸다. 마지못해 내가 고개를 끄덕이면 민식은 자세하게 설명했고 학생들은 만족한 표정을 지었다. 이런 일이 반복될수록 나의 자존심은 상해갔고 그와 나는 벌버스름한 사이가 되었다.

그러나 강의가 막바지로 접어들 즈음이면 학생들은 눈에 띄게 나에게 고개를 숙였다. 실무 경험의 유무를 떠나 그들의 학점을 관리하는 사람은 분명 나였기 때문이었다. 굽실거리는 학생들의 모습을 보며 나는 일말의 자부심도 느꼈다. 현장 경험이 부족한 강단 교수라도 나는 그들에게 꼭 필요한 존재라는 것을 느끼는 순간이었다. 민식도 나와 친해지려고 애쓰는 모습이 역력했다. 나는 그런 민식을 피하기도 하고 가까이하기도 했다. 그와 나는 안개와 는개 같은 사이였다.

그렇게 일 년이 지나가고 다시 봄 학기가 시작되었다. 대학원 조교인 정 선배가 대성동 고분 발굴이 곧 시작될 거라고 알려왔다. 학부 선배이자 대학원 동기인 그는 왼쪽 다리를 저는 장애인이었다. 학생들은 모두 발굴 과정에 참여하기를 희망했다. 민식과 나도 예외는 아니었다. 신 교수의 발굴 팀에 참여한다는 것은 지역 고고학계에서 입지를 굳히는 첩경이었다.

애꼬지라, 애꼬지. 이게 뭘 의미하는지 아나? 몇 달 전, 신 교수는 회식 시간에 뜬금없이 질문을 던졌다. 정 선배와 나는 의뭉스런 표정을 지었고 다른 학생들도 마찬가지였다. 민식이 조심스레 입을 열었다. 혹시 애기 꼬지라는 말이 아닐까요? 어, 민식이 자네가 거의 맞췄네. 허허. 맞아 애기 꼬지야. 그럼 꼬지는 또 뭔가? 민식은 알 듯 모를 듯한 미소를 지었다. 나는 조바심이 났다. 신교수의 맘에 드는 대답을 하고 싶었지만 도무지 알 수 없었다. 최 선생, 니 구지봉 알제? 구지봉요? 그래. 아, 그러면! 맞아.
꼬지는 구지의 옛 말이야. 결국 애기 꼬지는 애기 구지봉
이란 말이지. 그, 그렇군요. 나를 비롯한 모든 학생들은
감탄사를 연발했다.

학생 한 명이 민식을 얼핏 쳐다보았다. 너는 알고 있었
지라는 표정이었다. 민식은 웃기만 했다. 나는 얼굴이 홧
홧거렸다. 명색이 고고학 박사인 내가 학생인 민식 보다
추론 능력이 떨어진 것에 기분이 상했다. 구지봉은 김수
로왕의 천강설화가 전해지는 곳이었다. 신 교수는 애꼬
지라 불리는 구릉에 가야 왕족의 고분이 존재할 가능성이
높다고 추론하면서 발굴을 결정했다. 민식과 두 명의 대
학원생이 나와 함께 발굴팀에 들어가게 되었다. 나는 민
식이 포함된 것이 못내 마음에 걸렸다. 그의 실무능력이
발굴 현장에서도 발휘되면 고고학 박사인 내 존재감이 약
해질 것 같았다.

신 교수는 민식에게 직접 발굴 작업에 참여하라고 했고
나에게는 사진 촬영과 유물에 대한 분석을 맡겼다. 민식
이 하드웨어를 담당했다면 나는 소프트웨어를 담당하는

것이었다. 고고학 박사인 나에게 유물 분석을 맡긴 것은 당연한 일이었다.

발굴 현장은 처음부터 학계의 비상한 관심을 받았다. 신 교수도 놀랄 정도로 엄청난 양의 고분이 발굴되었고 수많은 유물이 쏟아져 나왔다. 현장은 환호와 아우성으로 넘쳐났다. 무엇보다 전 국민의 관심을 받은 것은 파형동기였다.

그 유물이 발견되었던 날은 새벽부터 비가 내렸다. 오후 들어 비가 그치자 서둘러 발굴이 시작되었다. 그날 발굴할 고분은 13호 분이었다. 신 교수는 일본과 관련된 유물이 나올 거라고 기대했다. 여태껏 북방 계열의 유물만 나왔기 때문이었다. 그는 가야와 일본은 활발한 교류를 했으며 심지어 일본 내에 가야의 분국이 있었다고 주장하는 학자였다.

신 교수는 그 고분에 대한 발굴을 민식과 박물관 학예사인 명하에게 맡겼다. 그녀는 서울의 대학에서 고고학 석사 학위를 받은 재원이었고 나보다는 세 살 어렸다. 눈에 띄는 미인은 아니었지만 무척 참하다는 인상을 주었다. 그녀는 유물 색인에 남다른 재능과 열정을 갖고 있었다. 박물관에 갈 때마다 그녀는 상냥한 태도로 내가 원하는 자료를 신속하게 찾아주곤 했다.

나는 신체의 불리함과 강단파 교수의 약점을 극복한 고고학 전문가로 성공하고 싶은 욕망이 있었다. 명하 같은 여자가 나의 아내가 된다면 얼마나 좋을까라고 상상했다. 그녀와 같이 명석하고 좋은 성격을 가진 아내가 있으면 병약하고 소심한 나의 결핍이 충분히 상쇄될 것 같았다.

명하는 고분 발굴이 시작될 때부터 발굴 현장에 참여하고 싶어 했다. 특별히 나에게 부탁까지 했지만 나는 달리 힘이 없었다. 실망스러운 표정을 짓는 명하에게 나는 미안하면서도 저릿한 통증을 느꼈다. 신교수가 유물 색인을 정리하라면서 그녀를 박물관에 근무하게 했던 것이다. 그런 명하에게 13호 고분의 발굴을 맡긴 것은 순전히 그녀가 초보자라는 이유 때문이었다. 처음 발굴 현장에 투입되는 사람들은 조심해서 발굴하기 마련이었다.

민식 씨, 잘 부탁해요. 저야말로 잘 부탁해요, 학예사님. 호호, 뭘 그걸 강조해요? 저보다 더 조예가 깊으면서. 민식과 명하는 발굴에 들어가기 전에 반가운 표정으로 인사를 나눴다. 나는 불안한 눈빛으로 두 사람이 대면하는 것을 지켜보아야 했다.

작업자들이 삽으로 일정 부분 흙을 파내자 민식과 명하는 붓으로 조심스레 훑기 시작했다. 나는 구덩이 외부에서 도판에 유물 위치를 기록하면서 카메라로 주변을 촬영했다. 두 사람이 한참 작업을 했을까? 갑자기 민식의 고함 소리가 들려왔다. 신 교수를 비롯한 모든 사람들이 그의 주변으로 몰려갔다. 민식은 황토 사이로 드러난 작은 물체를 가리켰다. 회오리 돌기 모양을 가진 유물이었다. 신 교수는 그가 발견한 것을 조심스레 관찰하며 감탄하듯이 말했다. 내 추론이 맞았어. 이건 파형동기라는 일본계 유물이야. 그동안 고대 일본 왕들의 무덤에서만 발견되었던 거야. 가야와 일본의 교류가 이 유물로 입증되었어.

만면에 미소를 띤 신 교수는 민식의 손을 잡고 수고했다는 말을 아끼지 않았다. 명하는 그런 민식을 은근한 눈빛으로 바라보았고 나는 어색한 표정으로 두 사람을 바라보았다. 그가 두각을 나타낼 때마다 나는 불안한 마음에 사로잡혔다. 나 역시 신 교수의 맘에 드는 성과를 내야 했다. 고고학자로서 입지를 굳히기 위해서는 신 교수의 신뢰가 반드시 필요했다. 그의 추천이 있어야만 대학 교수 자리를 꿰찰 수 있기 때문이었다. 그런데 민식이 차츰 신 교수의 뇌리 속에 박히기 시작했다. 몇 년 안에 민식이 박사 학위를 받고 나면 내가 갈 수 있는 교수 자리를 뺏길 지도 모른다는 우려가 들었다. 그런 마음이 들수록 나는 차츰 그가 싫어졌다. 그러면 안 된다고 생각하면서도 그에 대한 나의 마음은 결코 편치 않았다.

발굴된 유물들은 대학 박물관으로 옮겨졌다. 민식과 학생들이 유물을 트럭 짐칸에서 꺼내는 동안, 나는 명하와 함께 지하 수장고로 내려갔다. 유물이 내려오면 나는 민식에게 플라스틱 상자 안에 유물을 넣으라고 말했다. 유물 상자는 토기류, 무기류, 기타 생활용품 별로 구분되어 있었다. 어느새 민식은 나의 지시를 받는 처지가 되었다. 가끔 나는 민식에게 내가 구분한 방식대로 유물을 넣지 않는다고 타박했다. 그럴 때마다 그는 어쩔 줄 몰라 했다. 그런 민식의 모습에 나는 내심 우쭐함을 느꼈다. 네가 아무리 두각을 나타낸다 해도 학문적 지식은 나를 못 따라올 거라는 자부심이었다. 그럴 때 명하는 나와 민식을 다소 씁쓸한 눈빛으로 지켜보았다. 민식은 나에게 수업받는 학생이며 유물에 대한 고고학적 지식은 내가 훨씬 우위에 있음을, 나는 그녀에게 각인시켜주고 싶었다.

최 교수님, 이 유물은 아무리 봐도 신기하군요. 어느 날, 민식이 파형동기를 손에 들고 말하자 나는 약간 화를 냈다. 유물을 맨손으로 만지면 어떡해! 그는 화들짝 놀라 유물을 내려놓았다. 그럴 때마다 명하는 걱정스러운 눈빛으로 그를 바라보았다.

나는 그에게 파형동기를 벨벳 탁자 위에 놓으라고 명령하듯이 말했다. 이 유물은 스이지가이를 본 뜬 거야. 맞아요, 오키나와 근해에서 잡히는 고동의 한 종류죠. 명하 씨, 내가 할 말을 가로채면 어떡해? 어머, 제가 가로챘나요? 이거 죄송해서 어쩌죠? 벌로 술 한 잔 사세요. 예에, 그럼 제가 살 테니까 우리 셋이서 한 잔 할까요?

그날 밤, 우리는 대학 근처 식당에서 술자리를 가졌다. 나는 스이지가이라는 고동에 대해 자세하게 이야기했다.

스이지가이에는 여섯 개의 회오리 돌기가 나와 있고 파형 동기는 그 모양을 본떠 만들었다고 설명했다.

역시 박사님이네요. 호호. 오키나와에서는 스이지가이를 대문 앞에 걸어놓기도 한다면서요? 그렇죠. 부정한 것을 물리친다는 상징 같은 거죠. 내 말에 고개를 끄덕이던 명하는 가방에서 스이지가이 모형 두 개를 꺼냈다. 오키나와 여행 중에 산 기념품이라며 나와 민식에게 하나씩 건네주었다.

민식은 자못 흥미로운 표정으로 스이지가이를 받아들었다. 그는 답례의 선물로 자신이 만들었다는 목탑 모형을 그녀에게 건네주었다. 나는 아무것도 그녀에게 줄 것이 없었다. 두 사람은 서로 주고받은 모형을 만지며 웃고 있었다. 그녀는 민식과 가까워지고 있었다. 식당을 나서니 는개가 조금씩 흩날렸다. 그들과 헤어진 후 나는 초라한 마음으로 집으로 돌아갔다. 이층 창가에 기대어 는개에 젖은 나트륨 가로등을 오래도록 지켜보았다. 명하의 얼굴이 는개 사이로 희미하게 보였다. 나는 그녀가 준 스이지가이를 오래도록 매만졌다.

발굴이 진행될수록 실무 경험이 풍부한 민식은 뛰어난 실력을 발휘했다. 그는 21호 분에서 오르도스 청동솥과 파형동기를 추가로 발견했다. 그가 진가를 발휘할수록 내 존재감은 미미해져 갔다. 내가 하는 일은 의례적인 것이었고 민식이 하는 일은 대단한 것이었다. 그러던 차에 나의 자존심이 또 한 번 구겨지는 일이 벌어졌다. 신 교수가 내년에 시작될 봉황대 유적 발굴에 민식을 팀장으로 임명하겠다고 한 것이다.

가야 유적지의 발굴팀장이 된다는 것은 신 교수에게 인정을 받는다는 것이며, 지역 고고학계에서 확실히 입지를 다지는 일이었다. 그건 곧 대학교수 자리에 근접한다는 소리였다. 나는 일말의 배신감도 느꼈다. 신 교수 밑에서 성실히 수업도 받았고 박사학위도 받았는데 어찌해서 나를 제치고 민식을 팀장으로 임명한단 말인가? 여태껏 내가 그의 수석 제자라고 생각했는데. 이제 와서 민식에게 그 자리를 뺏기는 것 같아 나는 견딜 수 없었다.

일주일이 지난 후, 이런 나의 마음에도 아랑곳없이 신 교수는 22호 고분 발굴에도 민식과 명하를 투입했다. 며

칠간 비가 오다가 오랜만에 햇빛이 쨍쨍했던 날이었다. 두 사람은 구덩이 안으로 들어가 조심스레 붓질을 시작했다. 나는 여전히 도판에 유물 위치를 기록하면서 발굴 현장을 촬영했다.

고분 주변을 촬영하던 나는 어딘가 이상한 기분을 느꼈다. 구덩이 위쪽에는 작은 바위가 하나 나와 있었다. 비 때문에 주변의 흙들이 조금씩 쓸려 나가 몸체가 제법 드러나 있던 상태였다. 망원 렌즈로 관찰한 나는 그리 위험한 상태는 아니라고 생각했다. 바위 아래에는 민식이 있었고 몇 미터 떨어진 곳에는 명하가 있었다.

두 사람은 세 시간 째 붓질을 했지만 별다른 소득은 없었다. 그런데 내가 카메라로 구덩이 주변을 촬영하던 중이었다. 갑자기 바위가 흔들거리는 느낌이 들었다. 이상한 기분에 렌즈를 확대해서 바위 주변을 유심히 살펴보았다. 바위 주변의 흙들이 조금씩 흘러내리는 것이 내 눈에 선명하게 보였다.

민식은 아무것도 모른 채 부지런히 붓질을 하고 있었다. 어떡해야 하나. 한참을 망설이던 나는 눈을 질끈 감고 망원렌즈를 다른 방향으로 돌려 버렸다. 다른 고분을 일부러 관찰하던 나는 어딘가 이상한 기분에 사로잡혔다. 순간, 나는 렌즈를 다시 민식이 있는 곳으로 돌렸다. 내 눈에 바위가 서서히 무너지는 모습이 보였다. 놀란 나는 구덩이 쪽으로 뛰어가려고 했지만 이미 늦고 말았다. 바위와 흙이 와르르 무너지면서 민식의 몸을 덮치고 만 것이다.

현장에 있던 사람들이 모두 민식의 주변으로 몰려들었다. 민식의 왼쪽 몸은 흙으로 덮여 있었고 그는 비명을 지르고 있었다. 놀란 명하가 그의 손을 잡고 울부짖었다. 바위는 민식의 왼손을 짓이기고 있었다. 민식은 병원으로 이송되었고 즉시 수술이 시작되었다. 명하는 수술실 앞에서 목탑 모형을 손에 든 채 내내 눈물을 흘렸다. 나의 표정은 복잡했다. 설사 내가 뛰어갔던들 민식이 무사했을까? 나는 애써 자신을 합리화했다.

두 시간이 지난 뒤, 외과 의사는 침울하게 말했다. 바위에 짓이겨진 왼쪽 손목의 조직이 너무 심하게 망가졌다고. 결국 민식의 왼 손목은 잘리고 말았다. 명하와 나는 수술이 끝난 민식을 보기 위해 중환자실로 들어갔다. 명하는 하염없이 눈물을 쏟았다. 나는 몰래 병실 문을 나섰다. 병원 문을 나서니 차가운 바람이 불어왔다.

석 달 후, 병원에서 퇴원한 민식은 모두에게 연락을 끊은 채 홀연히 사라지고 말았다. 그 누구도 그의 행방을 알지 못했다. 남도 땅 어느 염전에서 햇볕에 그을린 그를 만났다는 말이 들려왔다. 또 어떤 이는 지리산에서 멍하게 앉아 있는 그를 보았다고 했다. 모두 확인된 것들은 아니었다. 그저 소문으로만 떠돌았을 뿐이었다.

최 선생, 오, 오랜만입니다. 민식이 사라지고 삼 년이 지난 후였다. 가을 학기가 막 시작될 즈음이었다. 강의를 마친 나는 핸드폰에서 그의 목소리를 듣게 되었다. 하마터면 나는 비명을 지를 뻔했다.

설마, 민식 씨? 어, 맞습니다. 헤헤. 술 한잔 할 수 있을까요?

나는 그와 약속한 허름한 술집으로 향했다. 예전에 학생들과 자주 갔던 지하 선술집이었다. 민식은 구석진 곳에서 막걸리를 마시고 있었다.

어어, 최 선생. 여, 여기요. 민식은 손을 번쩍 들었다. 나무 테이블이 에넘느레 널려 있는 술집 안은 어두컴컴했다. 내가 의자에 앉자 민식은 히죽해죽 웃으며 막걸리를 따라주었다. 메마른 입술로 막걸리를 들이키던 그는 커, 하는 소리를 과하게 내며 탁, 하고 잔을 내려놓았다. 그는 벌써 막걸리 한 주전자를 다 비운 상태였다. 영민하게 반짝이던 눈동자는 흐리마리했고 그의 태도는 부박하게 변해 있었다. 어깨는 구부슴했으며 말투는 어리뚝한 것이 예전의 그가 아니었다. 그의 망가진 모습에 나는 그를 똑바로 쳐다볼 수 없었다.

민식 씨, 정말 오랜만이오. 몸은 건강해요? 건강? 헤헤. 머, 내가 건강할 리 있겠소. 손이 병신인데. 크허허. 한잔 하소.

그는 오른손으로 잔을 들어 나에게 건배를 제의했다. 나는 엉거주춤 잔을 들고 그의 잔과 부딪혔다. 그때 술집 문이 열리더니 명하가 들어왔다. 그녀는 학예사를 그만두고 시간 강사를 하고 있었다. 명하는 울칩한 표정으로 다가와 민식 옆에 조용히 앉았다.

용수 씨, 오랜만이에요. 아, 명하 씨. 여기엔 어떻게? 헤헤, 내가 불렀소. 옛날 내 연인이잖소. 민식 씨, 많이 취했어요. 그만 마셔요. 명하는 안타까운 눈빛으로 민식을 바라보았다. 왜? 내 애인도 오랜만에 만났는데 이 정도쯤이야. 크허허.

그는 다시 막걸리를 퍼마셨다. 명하는 그런 민식의 손을 잡으며 만류했다. 그는 나무젓가락을 오른손과 입을 이용해서 양쪽으로 분리했다. 왼손은 늘 호주머니에 들어가 있었다. 아직도 그는 과거의 충격에서 벗어나지 못했다. 나는 자리에서 슬며시 일어났다. 단 일 분이라도 민식의 모습을 보기 힘들었다. 사실은 두 사람이 함께 있는 모습을 보는 것이 더 괴로웠는지도 몰랐다.

용수 씨, 왜 그래요? 가시려고요? 어어, 최 선생. 오랜만에 만났는데…

몇 푼의 돈을 꺼내 탁자 위에 내려놓은 후 나는 힘없이 뒤돌아섰다. 그에게는 그의 운명이, 나에게는 나의 운명이 있는 거야. 애써 그렇게 생각하며 나는 지저분한 술집을 빠져나왔다.

그후, 나는 두 사람을 다시 보지 못했다. 민식은 어디론가 다시 사라졌고 명하는 유럽으로 유학 갔다는 소문이 들려왔다. 그녀가 한국을 떠났다는 사실을 알고 나는 가슴이 저려왔다. 얼마 후, 나는 일본에 일 년간 초빙연구원으로 가게 되었다. 그렇게 나는 두 사람을 잊고 지냈고 나에게는 그녀의 스이지가이만이 남아 있었다.

＊

그래, 민식. 왜 이런 모습으로 나타났지. 이제 와서 왜 나에게 나타났느냐고. 나는 그에게 따지듯이 중얼거리고는 자리에서 일어났어. 사위는 희읍스레하게 변해갔지. 씁쓸한 미소를 동판에 남겨둔 채 나는 공터를 빠져나와 다시 오솔길을 밟았어. 길바닥에는 는개에 젖은 낙엽들이 추루하게 붙어 있었고, 숲속에는 무채색의 안개가 흘렀지.

서문 근처의 계곡을 건넌 나는 서문을 등지고 큰길로 내려갔어. 얼핏 시계를 보니 여섯시 반이었어. 삼십 분만 있으면 완전히 어두워질 게 분명했어. 나는 다소 빠른 걸음으로 내리막길을 걸어갔지. 갑자기 눈동자에 통증이 몰려와서 나는 눈 주변을 한참 동안 비벼야 했어. 잠시 후, 나는 천천히 눈을 떴는데 멀리 어두운 곳에서 어떤 사내의 형상이 감실감실하게 보이는 거야. 분명 조금 전까지 보이지 않던 사내였어. 누굴까 생각하며 나는 그쪽으로 걸어갔지. 가까이 다가가니 사내는 안내판을 보고 있더군. 내가 다가서자 그는 고개를 돌려 말을 걸어왔어.

등산하고 오시는 모양이죠. 다른 볼 일이 있어서… 예. 그렇군요.

사내는 짧게 응수하고는 다시 안내판으로 눈을 돌렸지. 어두운 곳이라 그의 얼굴은 거의 안 보였지만 각이 진 얼굴 윤곽은 흐릿하게 보이더군. 희한한 사연이 적혀 있군요. 예…? 서문과 동문에 얽힌 이야기군요. 사내는 오른손으로 안내판을 가리키며 묻지도 않은 이야기를 하기 시작했어. 그의 왼손은 바지 주머니 안에 들어가 있었지.

이름난 석공이 있었고, 동래부사가 그 석공과 제자에게

동문과 서문의 복원 공사를 맡겼다는 거야. 시간이 흐를수록 동문 공사는 더디고 볼 품 없게 진행되었지만 서문 공사는 순조롭게 되었다고 했어. 제자는 서문 옆 계곡에 홍예 모양의 수구까지 만들었고 그 아름다움에 부사가 감탄했다는 거야. 질투에 눈이 먼 스승은 서문의 낙성식을 하루 앞둔 날, 제자에게 술을 먹인 후 그의 왼 손목을 잘라버렸다는 거야. 스승은 그 손목을 서문 근처 계곡에 던지고 달아났다고 했는데, 그 계곡이 내가 낮에 머물렀던 곳이었어. 무척 섬뜩한 기분이 들더군. 결국 제자는 미쳐서 죽고 말았고 스승은 어디론가 달아났다는 거야. 이야기의 결말은 아주 비참했어. 삼일 후에 스승은 애기소에서 시체로 발견되었다고 하더군.

말을 마친 사내는 한동안 내 눈을 쳐다보더군. 마치 내가 꼭 들어야 할 이야기라도 되는 듯이. 어두웠지만 그 사내의 눈동자가 나를 쏘아보고 있다는 느낌이 들었어. 나는 어딘가 미안한 생각마저 드는 거야.

끔찍하면서도 슬픈 이야기죠. 그, 그렇군요. 그렇게 질투한들 무슨 소용이 있다고. 어찌 보면 존재하지 않을 수도 있는 것이 내일이라는 것인데. 사내는 잠시 허공을 쳐다보았다. 는개가 내리는군요. 잔잔한 물결처럼, 병든 파도처럼 안개로 변하겠지요. 삶과 죽음은 안개와 는개처럼 가깝기도 하고 멀기도 하지요. 안개와 는개는 단 한 번도 같은 것일 수 없지요.

사내는 알 수 없는 말을 하며 가볍게 목례한 후 서문 쪽으로 올라갔어. 나는 그의 등짝을 바라보았지. 사내는 어느새 검은 공간 안으로 천천히 들어가더군. 신기했어. 찰나의 순간에 사내가 신기루처럼 증발되어 버린 것이.

온몸에 약간의 전율이 몰려옴을 느끼며 나는 다시 아래로 내려갔어. 중간쯤 내려가다가 오른쪽을 가리키는 화살표 밑에 애기소라고 적힌 표지판을 발견했지. 애기소라고? 아까 그 사내의 이야기 속에 등장하던 곳이었어. 나는 이정표가 가리키는 오른쪽을 쳐다보았어. 검은 공간이 입을 벌린 채 서 있었고 오솔길의 윤곽이 희미하게 보이더군. 한참 동안 오솔길을 바라보니 누군가 나에게 안으로 들어오라고 손짓하는 것 같았어. 다시 기시감이 몰려왔어. 그 언젠가 이 길을 걸어갔던 기억이 나는 거야.

내 두 다리는 내 의지와 상관없이 천천히 움직이더니, 검은 공간 속으로 나를 밀어 넣었어. 졸졸졸 물 흐르는 소리가 들려왔고 작은 沼가 나타나더군. 짙은 안개가 허공을 맴돌고 있었어. 안개는 沼 주변을 부드럽게 돌아다니며 흩어졌다 뭉치기를 반복하더군. 풀밭을 흔드는 바람이 내 몸을 감싸면서 차가운 기운이 느껴졌어.

나는 넋을 잃고 애기소를 바라보았어. 몰려오는 냉기에 몸은 으슬으슬했지만 나의 또 다른 자아는 물속에 들어가라고 부추기는 거야. 어쩔 수 없었어. 이젠 이성으로 나의 몸이 통제되지 않았어. 결국 나는 절버덕거리며 물속으로 들어가서 까무룩 눈을 감았지. 안개가 흐르는 소리, 꽃무릇이 톡톡 터지는 소리가 들려왔어. 시간이 얼마나 흘렀는지 모를 정도로 나는 미동도 하지 않고 서 있었지. 이대로 나는 죽을지도 모른다는 생각마저 들더군. 그런데 꿈결처럼 어디선가 귀에 익숙한 멜로디가 들려오는 거야. 귀를 기울여 가만 들어봤지. 무척 익숙한 멜로디였어. 이걸 내가 어디서 들었을까? 'Crossing a River'였던가. 순간 눈을 뜬 나는 웃옷 포켓에 넣어 놓은 핸드폰 소리라는 것을 알게 되었어. 급히 폰을 꺼내 들었지. 정 선배였어.

야, 너 아직도 산성이야? 나는 정 선배의 음성을 들으며 비로소 주변을 둘러보았어. 갑자기 공포감이 몰려왔어. 짙은 안개 속에서 내 몸이 물속에 잠겨 있음을 깨달은 거야. 나는 서둘러 물 밖으로 나가 물가 바위에 털썩 주저앉았어. 온 몸이 부들부들 떨려오더군.

아, 아직 산성입니다. 너 목소리가 왜 그래? 언제 올 거냐? 하, 한 시간 쯤요. 호, 혹시 민식이 죽었나요?

내가 더듬거리는 목소리로 묻자 정 선배는 한동안 말이 없었어. 재차 내가 묻자 그는 다소 건조하게 대답했어. 그래 죽었다, 추락사야. 추락사요? 왜 저한테는 알리지 않았어요? 너는 그때 일본에 있었잖아? 괜히 방해될까 봐 연락 안 했어. 그, 그렇군요. 근데 어떻게 추락했어요? 뭐, 너무 어이없는 일이라서…… 그런데 말이다. 나는 단순한 추락사가 아니라고 생각해.

선배는 한숨을 쉬면서 민식이 4층에서 떨어져 죽었다고 말했어. 정 선배는 어느 장애인 단체의 공동대표였어. 방황하는 민식을 보다 못해 그 단체의 실무자로 넣어주었다는 거야. 민식은 한동안 장애인 단체에서 열심히 활동했다고 했지. 허나 날이 갈수록 신세를 한탄하며 다시 술에 빠졌다는 거야. 사건이 벌어진 날은 연말 송년회였다지. 요란한 술자리를 파한 후, 민식은 후배와 함께 사무실에 자러 갔는데 하필 문 열쇠가 없었다는 거야. 그래서 그가 외벽 창문턱을 타고 창문을 열려다가 추락했다는 것이 사건의 개요였어.

말을 마치면서 정 선배는 추락사가 아니라고 재차 강조했어. 손도 하나 없는 놈이 어떻게 창문턱을 디딜 생각을 했겠느냐고 말하면서. 그럼 민식이 죽음을 염두에 두고 창문턱을 넘었단 말인가? 정 선배는 그런 뉘앙스를 풍겼어. 그는 내가 산성에 가는 것이 내심 불편했다고 했어. 민식의 흔적을 발견할 것 같아서. 선배는 명하와 나, 민식의 관계를 유일하게 알고 있는 사람이었지.

나는 자리에서 일어났어. 등 뒤에서 계곡물이 흐르는 소리가 들려왔어. 주머니에서 열쇠고리를 꺼내서 작은 플래시를 켰지. 오솔길을 지나 큰길로 나오니 오렌지 빛으로 물든 가로등이 보이더군. 손에 든 열쇠고리를 호주머니로 집어넣으려는 찰나, 내 눈에 뜨이는 것이 있었어. 그건 스이지가이의 모형이었어. 갑자기 둔탁한 망치가 연달아 내 머리를 탕탕 내려쳤어.

몸을 돌린 나는 사내가 사라진 검은 공간을 선득한 기분으로 쳐다보았어. 사내의 각진 얼굴이 누군가를 닮았다는 생각을 지울 수가 없었지. 나는 그 사내를 어디에서 보았을까? 아니, 그 사내가 내 앞에 나타난 것이 사실 이기라도 한 것일까?

나는 온몸을 떨었어. 이건 아닐 거라는 생각이 들었어. 누군가 말했지. 데자뷔는 뇌의 착각이라고. 어쩌면 나의 뇌세포는 그 사내를 만날 거라고 설정하고, 그 공간 속으로 나를 밀어 넣은 것은 아니었을까? 모든 것은 그저 우연일 뿐이야. 방금 전에 내가 겪은 그 모든 일들도 단순한 우연에 불과한 거야. 미안함이 끈질기게 내 마음에 남아 있었던 거야. 그 추루한 마음이.

나의 두 다리는 애기소로 다시 나를 몰고 갔어. 이성이 통제할 수 없는 힘에 이끌린 거야. 자우룩한 안개는 여전히 沼 주변에 가득하더군. 나는 열쇠고리에서 스이지가이

를 빼내 애기소를 향해 집어던졌어. 안개는 어느새 는개
로 변해 나의 추연한 얼굴을 적시고 있었지.

장소성과 주변인의 에토스

김대현 문학평론가

장소성과 주변인의 에토스

김대현 문학평론가

1.

프레이저는 원시 인류는 이 세계 전체가 생명을 가지고 있는 것이라 생각했다고 전한다. 동식물은 물론 바위와 같은 무기물이나 비어 있는 공간도 각자 고유한 영혼을 가지고 있다고 믿은 것이다. 덕분에 그들은 각각의 사물들과 대화를 나눌 수 있었고 그들의 이야기를 자신의 상상력에 새길 수 있었다.[1] 하지만 이후 이성의 발달로 인간은 사물과 교통하는 능력을 잊고 더 이상 그들의 소리를 듣지 않게 되었다. 오래전 세계 각지에서 넘쳐나던 사

---

[1] 제임스 조지 프레이저, 이경덕 옮김, 『그림으로 보는 황금가지』, 까치글방 1995, 93~95쪽 참조.

물의 정령과 공간에 얽힌 전설들이 더 이상 들려오지 않는 까닭이다.

이런 의미에서 김대갑의 이번 소설집은 매우 흥미로운 서사에 해당한다. 김대갑의 소설 중 일부는 장소와 경험의 주체인 인간이 여러 형태의 상호작용을 통해 획득한 에토스를 모티프로 삼고 있다. 이와 함께 동시대 청년들의 불안정한 현실을 따스한 시선으로 바라보는 소설도 있으며, 소설의 사회학적 상상력을 자극하면서 현실적인 문제를 은유하는 소설도 엿보인다.

2.

먼저 「오다야먀 묘지」로 이야기를 시작하자. 일본에 위치한 기타규수 중학교 졸업반인 후유미는 어느 날 아버지와 다투게 된다. 경상도가 고향인 후유미의 아버지는 모종의 사유로 일본에 건너온 후 북조선을 자신의 정신적 고향으로 삼는다. 아버지는 후유미가 일본 학교가 아닌 조선학교에 진학하여 조선인의 정체성을 가지기를 바란다. 하지만 후유미는 자신이 왜 아버지의 제안에 따라야 하는지 이해가 되지 않는다. 후유미의 관심은 또래 청소년들과 마찬가지로 "아이돌 스타를 쫓아다니고, 화려한 옷과 잘 생긴 남학생"이지 "민족이니 조국이니 하는, 날선 언어들"이 아니다. 그러나 병색이 완연한 아버지의 상태를 설명하는 일본인 엄마의 설득에 의해, 후유미는 졸업 후 자신이 정체성을 선택한다는 조건으로 부모와 타협하고 조선학교에 진학한다.

그곳에서 후유미는 또래인 스미레를 만난다. 처음 후유미는 조총련 간부의 딸이라는 배경을 가진 스미레를 경계하게 된다. 그러나 스미레 또한 자신을 둘러싼 정체성의 강요에 불만을 가지고 있다는 걸 깨달은 뒤 둘은 친구가 된다. 졸업식이 끝난 후 후유미는 귀화신청을 하며 "자신을 얽어 메던 칡넝쿨을 끊어버린 느낌"을 받지만 후유미의 문제는 이제부터 시작된다.

후유미는 비로소 자신이 일본 사회의 일원이 되었다고 생각했다. 그러나 그게 아니었다. 우연히 그녀의 혈통을 알게 된 지도 교수는 어느 순간 후유미에게 거리감을 두었다. (…) 아무리 일본인으로 살아가도, 일본의 교육을 받아도 후유미는 조센징이었다.

결정적인 후유미의 착오는 이 지점이다. 외부의 형식이 아무리 바뀌어도 본질은 바뀌지 않는다. 그녀의 정체성을 규정하는 것은 그녀 자신이 아니라 그녀의 배후에 있는 다른 어떤 것이다. 후유미의 선택과 무관하게 그녀의 안에는 여전히 그녀를 사회적으로 구성하는 에토스가 남아 있기 때문이다. 후유미의 아버지가 자신의 건강 상태에 우선하여 그녀에게 조선학교 입학을 권한 것도 이런 까닭이다. 자신의 정서적 근거지를 떠나 낯선 곳으로 이주한 사람들이 이미 정서적 공동체를 형성한 기존의 거주민들에게 이물질로 취급받는 것은 온당함의 문제를 떠나 발생하는 문화적 필연에 해당한다. 이를 후유미의 아버지는 경험을 통해 알고 있었다. 스미레의 아버지 또한 마찬가지다. 조선학교 졸업 후 북조선에 다녀온 스미레는 북조선에 있는 아버지의 영향을 받아 조선인의 정체성을 받아들인다.

스미레가 후유미와 달리 조금 더 수월하게 조선인의 정체성을 승인한 까닭을 이해하기는 어렵지 않다. 이는 스미레가 오다야마 묘지에 묻힌 조선인들이 낯선 곳에서 주변인으로서 겪은 고통을 자신의 고통으로 승화하였기 때문이다. 자신이 소속된 정서적 공동체의 에토스를 강화하는 것은 공동의 상처를 체감할 때인 것이다.

후유미가 자신이 거부하던 조선인으로서의 정체성을 마침내 승인하는 이유도 이와 동일하다. 스미레의 어머니와 외삼촌이 연루된 조총련 내부의 횡령 사태로 인해 스미레는 외삼촌을 찾기 위해 한국으로 간다. 클럽에서 유흥업에 종사하던 스미레가 실종되자 후유미는 그녀를 찾으러 한국에 건너가서 자신에게 도움을 주던 한국 무용수 미화를 만나게 된다. 그러나 그들은 스미레가 조선인이라는 이유로 인해 일본 영사관과 한국 경찰 어디에서도 제대로 된 협조를 받지 못한다. 소득 없이 일본으로 돌아간 후유미는 어느 날 스미레가 강간 살인 범죄의 피해자로 발견되었다는 미화의 이야기를 듣고 한국으로 다시 향한다. 스미레의 시신을 인수한 후유미는 "조선과 일본, 한국에서 모두 버림받은 스미레"의 영혼을 위무하는 진혼무를 추며 스미레가 겪은 고통의 기억을 자신의 기억으로 받아들인다. 조선도 일본도 한국도 아닌 그들만의 나라를 꿈꾸며 후유미는 스미레를 그리워한다.

조선 전기를 배경으로 한 「초산마을의 푸른 달빛」도 공동체의 주류에 속한 자들이 아닌 주변인의 에토스를 다룬 점에서 앞의 소설과 유사한 구조를 가진다. 다만 차이가 있다면 전자가 민족지적 에토스를 다룬다면 뒤의 것은 신분제라는 정치적 에토스를 주된 소재로 가진다는 점에 있다. 소설은 함길도 절제사 이징옥과 그의 동생 징규, 징석의 전생 담을 다루는 고소설의 형식을 빌려 징옥의 동생 징규의 시점으로 시작한다.

어린 시절 징규에게 징옥은 든든한 버팀목이었다. 하지만 계유정난으로 김종서가 살해당하자 김종서의 심복이었던 징옥에게도 칼날이 다가온다. 분노한 징옥은 대금 황제로 칭하고 궐기하나 수하 장수의 암살로 허무하게 마치고 만다. 이상한 점은 징옥의 동생 징규의 처우다. 조선 형률의 토대가 되었던 대명률에 따르면 모반에 해당하는 죄를 범한 징옥의 동생 징규는 혈연에 의한 연좌緣坐로 인해 멸문되거나 유배되어야 하기 때문이다. 그러나 세조는 징규가 공개석상에서 명나라 사신을 질타하여 문제가 되기 전까지, 멸문을 시켜야 한다는 중신들의 상소에도 징규를 비호하며 중용한다. 수상한 점은 또 있다. 앞서와 같이 징규는 징옥과 굳은 우애로 연결된 형제 사이이다. 그러나 징규는 징옥을 죽인 세조에게 어떤 분노도 품지 않는다. 그의 형제가 죽어도 그의 충성심은 여전히 임금에게 있다. 심지어 징규는 세조에게 "멸문지화를 당하면 그것 또한 징규 집안의 운명"이라 생각한다. 그는 자신을 파멸로 몰아갈 수 있는 원인에 대해 자신의 의지를 개선하려 하지 않는다. 징규가 이러한 선택을 하는 이유는 무얼까?

이는 소설의 중반 이후 소개되는 징옥과 징규의 전생담에서 드러난다. 본디 징옥, 징규, 징석 삼 형제는 화전민의 자식으로 천민에 해당한다. 기골이 장대한 그들은 장수가 되어 나라의 동량이 되고 싶었지만 타고난 신분의 한계로 인해 좌절한다. 하지만 그들에게 곧 기회가 찾아온다. 그들의 앞에 자신의 운명을 바꾸어줄 '스님'이 나타난 것이다. 스님은 징규 형제에게 그들의 목숨을 대가로 운명을 바꿀 수 있는 방도를 알려준다.

흥미로운 것은 스님이 제시한 방안이다. 여기서 스님은 이 세계의 원리를 뛰어넘은 초월자에 해당한다. 하지만 징규 형제의 목숨을 대가로 그가 내놓은 방도는 "후대에 양반가에 태어"난다는 것에 불과한 것으로써, 초월자의 세계 또한 위계의 연쇄로 이루어져 있음을 보여준다. 바깥의 사유도 내부의 것과 다르지 않은 것이다. 이는 신분제를 토대로 한 봉건질서의 인습이 얼마나 뿌리 깊은 에토스인지를 보여준다. 공동체의 가장자리에 위치한 주변인이 중심으로 들어가기 위해서는 목숨을 걸어야 하는 것이다.

결국 징규 형제는 스님의 예언대로 호랑이에게 목숨을 바친 후, 양반 가문인 이전생의 아들들로 환생하여 나라의 동량이 되는 장수로 성장한다. 그들이 환생 후 나라에

충성을 바치는 까닭도 이와 같다. 암살자로 인해 죽음을 맞이하는 징규의 독백대로 그들은 주변인의 삶을 살다 공동체의 중심으로 편입되리라는 "커다란 욕망을 가졌고, 후대에 그 욕망이 실현"되었기 때문이다. 이후 전생의 인연으로 간신히 목숨을 건진 징규는 세조의 밀지를 받고 다시 한 번 자신을 편입시켜준 공동체의 질서를 수호하기로 다짐하며, 마지막까지 봉건질서에 순응한다.

각각 에토스를 승인하는 방향은 다르지만 후유미와 마찬가지로 징규가 지금의 자신을 구성한 에토스를 벗어나지 못한다는 점에서 이 소설들은 어쩌면 인간이 거부할 수 없는 숙명을 다루는 것일지도 모른다. 자신의 운명으로부터 벗어나 새로운 삶을 꿈꾸던 후유미와 이징옥의 마지막은 이 심증을 두텁게 한다. 하지만 그럼에도 불구하고 스미레의 영혼을 담은 "솟대 위의 앉아 있는 새"가 먼 곳으로 날아가는 것처럼, 다시 또 누군가는 자신의 숙명과 싸울 것임은 분명하다.

3.

　김대갑의 소설 중 몇 편은 "특정한 장소에 얽힌 기본 서사"를 모티프로 활용한 측면이 있다. 앞서 초산마을에 전해지는 '양산 삼장수 이야기'를 모티프로 하여 징옥·징규 형제의 삶 전체를 규율하는 에토스를 풀어내는 것이나, 뒤에 언급할 「프러시안 블루」처럼 청사포에 얽힌 이야기를 모티프로 삼는 것이 그렇다. 지금부터 살필 「안개가 깊어지면 는개가 된다」도 이런 특징을 내포하고 있다.

　어느 날, '나'는 산성의 동문과 서문을 조사하기 위해 산성으로 향한다. 비에 젖은 주변의 풍경을 바라보던 '나'는 문득 기시감을 가진다. 이전에 사랑하던 그녀를 비롯해 여러 생각을 떠올리던 '나'는 박민식이라는 사람의 생몰연대가 기록된 동판을 발견하며 마침내 기시감의 근원을 찾는데 성공한다. 서른 살로 동갑이었던 민식과 '나'는 대학원에서 스승과 제자로 처음 만난 사이였다. 당시 '나'는 박사학위를 취득하였고, 민식은 직장생활을 하다 뒤늦게 대학원에 입학하여 '나'의 강의를 수강했기 때문이다. 처음에 '나'는 민식의 해박한 고고학적 지식과 풍부한 실무 경험에 감탄하여 친분을 유지한다.

하지만 이 친분은 민식이 상기한 사정을 바탕으로 점차 '나'의 지도교수를 비롯한 주변 사람들에게 두각을 나타내면서 점차 질시의 마음으로 변한다. 민식이 '나'의 질투를 받는 것은 어쩌면 당연한 일이다. 분명한 위계가 존재하는 학계에서 '나'보다 하위의 신분인 민식이 자신의 신분 이상의 것을 획득하려는 것이기 때문이다. 심지어 '나'가 은근히 마음에 두고 있던 학예사 명하마저 민식에게 호감을 표시하자 '나'의 질투는 점점 증폭된다. '나'는 민식이 자신이 있어야 할 진정한 자리로 돌아가기를 바라지만 이는 결코 이루어지지 않는다. 문제는 질투가 외부로 발산되지 않고 '나'의 침묵 속에서 머무를 때 발생한다. 마치 풍선에 지속적으로 가스를 주입하는 것처럼 출구를 찾지 못한 질투는 여기저기 충돌하다 결국 사람의 마음을 터뜨리기 때문이다.

파국은 지도교수가 발굴 책임자로 수석 제자인 '나'를 제치고 민식과 명하를 임명하는 순간 찾아온다. 민식과 명하는 발굴 현장의 구덩이에서 작업을 시작한다. 현장 주변을 촬영하던 '나'는 구덩이 주변의 바위가 흔들리는 것을 목격한다. 하지만 '나'는 그것이 무너질 수도 있다는 미필적 고의를 가지고 민식에게 경고하지 않는다. 결국 바위에 깔린 민식은 사고로 왼손을 잃고 폐인이 된다. 방황하던 민식은 결국 자살과 유사한 형태로 건물에서 추락사한다.

　　누군가 말했지. 데자뷔는 뇌의 착각이라고. 어쩌면 나의 뇌 세포는 그 사내를 만날 거라고 설정하고, 그 공간 속으로 나를 밀어 넣은 것은 아니었을까?

　그러므로 민식의 파멸은 '나'가 민식에게 질투를 시작할 때부터 이미 예정되어 있었다. 그동안 '나'의 머릿속에서 민식은 이미 수십, 수백 번의 유사한 사고를 겪은 것이나 다름없기 때문이다. 기시감이란 결국 지속적으로 욕망하던 것이 후발적으로 만족한 것에 지나지 않는다. 비극의 씨앗은 이미 내재되어 있었다. 단지 외부로 표시되지 않앗을 뿐 '나'는 언제나 민식이 몰락하는 것을 염원하고 있었던 것이다. 그러므로 기시감이란 언젠가는 성취될 수밖에 없는 자기 충족적 예언인 것이다. '나'가 민식으로 추정되는 환상에게서 제자를 질투하던 스승의 이야기를 듣는 까닭도 이와 같다. 위험으로부터 민식을 유기한 '나'의 죄의식이 민식의 영혼과 조우하는 것 또한 이미 과거로부터 예정되어 현실화된 기시감인 것이다.

「농다리」는 자연의 질서에 어긋나는 인공적인 다리를 반대하는 우 노인의 처절함을 그리고 있다. 그는 콘크리트와 같은 인공적인 재료는 강을 썩게 만든다며 철저히 부정한다. 자연과 어우러지는 재료로 다리를 만들고자 하는 우 노인의 몸부림은 생명과 삶으로서의 강을 지키고자 하는 민초의 바람과도 그 맥이 닿아 있다.

소설은 천년을 거치는 동안 마을의 명소가 된 농다리를 콘크리트로 얼렁뚱땅 보수하려는 강 씨 일족과 공사 관계자들이 우 노인에게 똥물을 맞는 장면으로 시작한다. 마을 유지인 강 회장이 보수를 서두르는 이유를 어림하기는 어렵지 않다. 이는 농다리 보수를 일종의 기념비적인 공덕으로 삼아 출세하고자 하는 욕망 때문이다. 그래서 강 회장은 농다리의 원형이나 강의 흐름에는 관심이 없고 무조건 빨리 지어 자신의 치적을 자랑하고자 하는 욕심에 사로잡혀 있다. 이는 민족의 젖줄인 4대 강을 죽음의 강으로 만든 희대의 사기꾼을 은유한다.

하지만 우 노인의 의도는 다르다. 어린 시절 고아로 자라다가 강 회장의 아버지에게 거둬진 그는 마을의 궂은 일을 담당하는 머슴으로 살아간다. 그는 "자신의 천직이라도 되는 양 농다리를 돌보"며 살아간다. 그가 농다리를 사랑하는 이유는 단순하면서도 의미가 깊다. "무지렁이 백성들이 힘겹게 만든 농다리"는 그가 거주하는 삶의 터전을 상징하는 것이기 때문이다. 그가 농다리를 옛 방식대로, 콘크리트를 거부하고 자연재료인 돌로 보수하고자 이유는 마을의 젖줄이자 생명인 강을 지키고자 하는 몸부림이었다.

이런 흐름에서 소설의 주된 갈등의 축은 전통과 현대, 인공과 자연, 마을의 자산을 사유화하려는 지역 유지와 근면한 무산자의 대결이라고 볼 수도 있다. 현대 기술의 소유자이자 소설의 화자인 '나'는 처음에는 우 노인의 방식을 의심하게 된다. 하지만 그가 세운 기둥의 정교함을 보고 "비웃었던 것을 부끄러워" 하며 토목 기술자로서 노인을 존중하게 된다. "나"는 우 노인의 경험과 고집으로 농다리가 자연친화적인 모습으로 복원되는 것을 목도하면서 그의 방식이 옳았다는 것을 뒤늦게 깨닫게 된다. 비로소 "나"는 우 노인과 정서적으로 합일되면서 살아 있는 강을 만들고자 하는 민초의 비원을 알게 되는 것이다. 또한 나는 노인의 방식이 가장 빠르고 정확했다는 것을 강 회장에게 인식시킨다. 지금 당장에는 느리고 답답해 보이는 무지렁이 백성의 노력이 가장 옳다는 것을 알려주는 것이다.

여기서 하나 짚어야 하는 지점도 있다. 농다리의 완성이 누군가의 희생을 전제로 한다는 점과, 희생을 감수하는 사람이 마을의 누구와도 연고가 없는 우 노인이라는 것이 그렇다. 이는 고대 그리스에서 재난이 발생할 경우 고아, 외국인, 장애인 등 보복의 우려가 없는 자들을 희생양으로 삼아 재난을 회피하는 것과 유사하다. 그런 점에서 이 소설은 폐쇄된 사회에서 희생되는 무연고 이방인이라는 원형적 사건을 농다리로 은유하고 있다고 볼 수도 있다.

4.

이제 남겨둔 서사들을 읽을 차례다. 김대갑은 동시대적인 사안에도 지대한 관심을 보이고 있다. 그는 저임금과 저 숙련노동으로 인해 불안정한 삶을 이어가는 프레카리아트로 전락한 동시대 청년들의 비루한 삶에 대해서도 따뜻한 시선을 보내고 있다. 그중에서 「마이너리그이긴 하지만」을 먼저 읽도록 한다.

'나'는 조금은 약삭빠르고 건방진 구석이 있는 '(오)딧세(이)'라는 청년과 원 시인이라는 장년의 문인과 함께 피플타임즈라는 인터넷 언론사를 창간하기로 한다. 비록 세 명밖에 되지 않는 작은 언론이지만 그들은 자신들이 "기자 윤리강령을 준수하고 국민의 알 권리를 옹호하고자 노력할 것이다."라는 당찬 포부를 가지고 창간 준비를 시작한다. 하지만 그들의 포부에도 불구하고 그들의 주변에 모이는 것은 소액의 후원금과 전직 국회의원 비서관 등, 접두어에 전직이 표기된 이른바 사회의 마이너그룹에 해당되는 자들이다.

그럭저럭 준비를 마친 '나'와 동료들이 창간 콘텐츠를 고민할 무렵 청천벽력 같은 소리가 들려온다. 그들의 주된 후원자가 되어 주기로 했던 기 사장이 후원금을 가지고 도주한 것이다. 이후 '나'가 알게 된 사실은 이 모든 것은 기 사장과 '딧세'가 꾸민 것으로 둘은 언론사를 창간한 후 언론사 사장이라는 간판이 필요한 선거 출마자에게 언론사를 넘기려는 수작을 벌인 것이다. 그후 기 사장은 딧세를 배신하고 넋을 잃은 '나'와 '딧세'를 두고 원 시인이 다시 배신한다. 자신이 뒤처리를 하겠다며 그나마 남은 사무실 보증금을 가지고 그가 도주한 것이다. "뉴스에 사실은 있어도 진실은 없다"라는 말처럼 그들의 관계에도 진실은 없고 서로가 서로의 등을 찌르기 위한 사실만 존재하고 있었던 것이다.

그렇다고 해서 음모에 가담하거나 배신하지 않은 '나'가 그들보다 특별히 더 윤리적인 감수성을 가진 것은 아니다. '나' 또한 마음에 두고 있는 마가렛이 언론사 시험에 합격하여 '나'를 외면할 것이 두려운 나머지, "제발 떨어져라, 제발"이라며 타인의 불행을 기원하는 속물에 지나지 않는다. 기회를 보는 건 마가렛도 마찬가지다. 언론사 시험에 불합격한 마가렛도 '나'가 어떻게 해서라도 피플타임즈를 창간하자 무슨 할 일이 없느냐며 다가오는 것이 그렇다. 모든 것이 불안정한 시대에 자신의 가장 큰 적은 자신과 가장 비슷한 형상을 가진 자신의 동료인 것이다.

하지만 소설은 이 어두운 현실을 있는 그대로 받아들이지는 않는다. 모든 것을 잃었음에도 '나'는 '딧세'를 용서하고 그와 비슷한 처지에 있는 '마가렛', '햅번'과 함께 다시 언론사를 창간한다. 아무것도 가지지 않은 그들이지만 결국 그들이 세상에 저항할 수 있는 유일한 방법은 연대의 가능성밖에 존재하지 않기 때문이다. '나'가 자신들을 속인 원 시인을 마지막까지 기다리는 까닭이기도 하다.

비주류들의 연대로 삶의 돌파구를 찾으려는 청년들의 모습은 「플래시 촬영 방법」에서 더욱 명확히 확인할 수 있다. '나'와 '상재'는 예술로서의 사진을 꿈꾸는 청년들이다. 그들은 "오늘도 우리는 삶의 결정적인 순간을 찍었다."라는 앙리 까르띠에 브레송의 말을 인용하며 자신들도 언젠가는 결정적인 순간을 찍을 수 있을 거라 믿는다. 하지만 그들의 바람과 달리 그들이 활약할 순간은 오지 않는다. 사진학과를 나오지 않은 자에게 사진가로 활동할 기회를 줄 만큼 사회는 그리 호락호락하지 않은 것이다.

어디로도 갈 수 없던 그들은 소시민들의 소소한 불법행위를 촬영하며 돈을 받는, 이른바 파파라치 활동을 하게 된다. 그런 활동에 신물이 날 즈음, 자신들과 같은 비주류 사진가인 Q의 소개로 변사자들의 시신을 촬영하는 일을 맡게 된다. 그들은 변사체 사진을 찍으며 틈틈이 "도시의 뒷골목이나 시위 현장, 빈민촌" 등 삶의 결정적 순간이 있을 법한 공간을 찾아 지속적으로 셔터를 누르지만 결정적 순간은 그리 쉽게 다가오지 않는다.

그렇게 그들은 4월 16일을 맞이한다. 수많은 사람들이 침몰하는 배에 남겨져 수장된 그날이다. 수장된 시신이 인양될 때마다 '나'와 '상재'는 사진을 찍는다. 하지만 여전히 그들에게는 어떠한 결정적 순간도 오지 않았다. 그들에게 쉴 새 없이 올라오는 "주검들은 뷰파인더 안에 들어오는 피사체에 불과"한 것이다.

결정적 순간은 "서로 몸을 묶은 두 아이의 시신이 항구에 도착하던 날"에 벌어진다. 그들의 시신을 본 상재가 항구를 떠난 것이다. 상재가 항구를 떠난 이유는 두렵고 불편하기 때문이다. 그는 두 아이의 시신에서 처음으로 타인의 고통을 자신의 가슴에 새긴 것이다. 그전까지 타인의 고통은 그에게 해석의 대상에 지나지 않았다. 하지만 자신의 신체에 직접 각인되는 고통을 두고 해석은 무용지물인 것이다. 결국 상재는 더 이상 대상을 해석하는 것을 그만두고 항구를 떠난 지 얼마 되지 않아 연인 가희와 함께 시신으로 발견된다. '나'는 상재와 가희의 시신을 찍은 후, 상재가 미처 찍지 못한 아이들의 시체 사진과 함께 그들의 사진을 보관한다.

일년 후 그들의 사진을 보던 '나'는 브레송이 말한 결정적 순간을 깨닫는다. 진정한 사진이란 대상과 대화를 나누는 사진이며 그렇지 않은 사진은 아무짝에도 쓸모없는 무의미한 사진이라는 것을. 다시 말해 사진의 결정적 순간은 셔터를 누르는 순간이 아니라 피사체와 사진가의 의식의 교감, 즉 피사체와 사진가의 존재론적인 일치가 될 때 발생한다는 것을 말이다.

피사체에 대한 사진가의 윤리는 이 지점에서 출발한다. 상재와 '나'는 대상에 내재한 슬픔의 교감을 통해 "그리도 찾아 헤메던 한 점"을 찾은 것이다.

5.

이제 남겨두었던 마지막 서사를 읽는다. 「프러시안 블루」는 아내에 대한 그리움과 푸른색을 모티프로 하여 이야기를 이끌어 간다. 소설에서 푸른색은 생명과 죽음의 이중적인 의미로 반복되어 나타난다.

주인공인 환은 디지털 메모리의 휘발성 때문에 캐드 보

다는 연필을 사랑하며, 상업성보다 "예술로서의 건축"을 고집하는 아날로그 감성을 가진 건축가다. 그래서 환은 조금이라도 비용을 줄이려는 건축주와 잦은 마찰을 가진다. 그런 환의 삶을 지근거리에서 위로하는 것이 그의 아내인 수이다. 그녀는 "남편을 만나기 위해 푸른 뱀을 타고 용궁으로 가는 여인"의 이야기가 담긴 청사포 이야기와 동해안 별신굿을 소재로 석사 논문을 준비한다. 하지만 수는 논문 준비를 위한 답사를 갔다가 추락 사고로 사망한다. 그와 함께 환은 자신이 설계한 건물의 붕괴위기로 소송을 당한다. 구청 계장과 그의 친구인 시공사 사장의 야합으로 환은 궁지에 몰리게 된다. 그의 책임을 배제할 수 있는 증거도 어디론가 사라진 상태이다.

사랑하는 아내의 죽음과 승산 없는 소송 앞에서 살아갈 힘을 잃은 환은 죽음을 염두에 두고 청사포로 향한다. 경적소리가 프러시안 블루처럼 들린다고 수가 말했던 동해남부선의 레일 위에서 그는 아내와 토론했던 푸른 뱀의 의미를 생각한다. 그는 푸른 뱀을 소멸의 기제로 생각했지만 아내는 생명과 희망의 오브제라고 주장했다.

멀리 기차가 가까이 오는 소리를 들으며 천천히 눈을 감았던 그는 갑자기 들려오는 아이의 비명을 듣고 레일에서 내려오게 된다. 그 과정에서 환은 아내가 남긴 유품 속에서 어떤 단서를 발견하고 프러시안 블루로 물든 청사포를 하염없이 내려다본다.

환은 조금 당황했다. 학자가 되려면 전설의 이면을 냉정하게 볼 필요가 있어. 냉정하게? 그 아름답고 슬픈 이야기를?

김대갑은 소설 속 환과 수의 대화처럼 학자가 아닌 소설가이다. 아름답고 슬픈 이야기를 냉정하게 볼 수 있는 사람들과 그렇지 못한 사람들. 소설가가 되는 사람들은 대체로 후자에 속한다. 그래서 그의 이야기들은 차갑지 않다. 사진가는 대상과의 일치를 통해 결정적 순간을 찾아낸다. 소설가 또한 고유한 영혼을 가지고 있는 장소와 사물의 소리에 귀를 기울이고 그들의 이야기를 들어줌으로써 자신의 서사를 찾아내는 것이다.

사람들이 소설을 읽고 쓰는 이유도 이와 같다. 아주 오래전부터 사람들은 소설을 통해 자신의 처지를 위로받고, 소설 속의 묘사를 통해 생명과 희망을 찾는 것이다.

김대현 2012년 『실천문학』으로 등단.

작가의 말

작가의 말

늦은 밤, 사위는 칠흑이었다. 나는 바람이 불어오는 어느 포구에서 오래도록 서 있었다. 멀리 빨간 등대는 붉은빛을, 하얀 등대는 녹색 빛을 뿌리고 있었다. 작은 배들이 물결 따라 부드럽게 움직이고 소금기를 머금은 바람의 향이 싱그럽게 다가왔다. 어디선가 날아온 꽃잎이 난분분하게 날렸다. 내일 아침, 붉은 해가 뜨면 저 바다는 핏빛을 머금고 있다가 차츰 프러시안 블루로 물들 것이다. 눈이 시리도록 푸른색이라는 것은 하나의 상처이다. 푸른색은 삶이기도 하고 죽음이기도 하니까.

나는 테트라포드를 시녀처럼 거느린 빨간 등대 곁으로 가서 작은 제사상을 차렸다. 흰 종이를 펼치고 그 위에 돼지머리고기와 사과, 막걸리를 진설했다. 양쪽에 양초를 켠 나는 그 가운데에 내가 쓴 소설 원고를 소중히 놓았다. 나는 두 번 절하면서 내 소설 속에서 죽어간 수많은 이들을 위로하는 굿판을 벌였다. 동해안 별신굿에 나오는 무가巫歌를 한 소절 어설프게 부르기도 했다.

일본인도 조선인도 한국인도 아닌 채 죽어야 했던 스미레, 황톳빛 물속으로 사라져간 우 노인, 서로의 몸을 묶은 채 떠올랐던 두 아이와 사진작가 상재. 자진해서 미물에게 삶을 바친 화전민의 자식들, 푸른 뱀을 찾아 헤맸던 수, 녹슨 동판에 작은 흔적을 남긴 민식. 이들 모두가 나의 굿판에 불려온 영혼들이었다. 그들은 부족한 나를 만나 소멸의 푸른 뱀을 타고 레테의 강물을 마셔야 했다. 어쩌면 이 굿판은 그들을 추모함과 동시에 나를 찾는 행위였다. 굿은 영혼을 달래면서 살아있는 자신을 발견하는 것이니까.

어렵사리 단편소설집 하나를 세상에 내놓았다. 참으로 힘겹게 글을 썼다. 앞으로도 나의 삶은 글쓰기에 녹록지 않을 것이다. 그래도 나는 포기하고 싶지 않다. 내 소설 속에서 죽어간 이들에게 부끄럽지 않은 삶을 살 것이다. 원고 뭉치에 불을 붙여 그 재를 막걸리와 함께 바다에 뿌렸다. 탁한 색깔 사이로 배 한 척이 푸른빛을 내며 포구를 벗어났다. 저 배는 프러시안 블루의 바다를 헤쳐 나갈 것이다. 나 역시 문향文 香의 바다를 오래도록 헤쳐 나갈 것이다.

2018년 11월

김대갑

김대갑

부산대학교 독문학과 졸업
한국소설 신인상 수상(2015년)
금샘문학상 수상(2018년)

소설가로 등단하기 전,
부산에 대한 산문집 2권과
가야 스토리텔링북을 출간했다.
사진과 여행, 영화를 좋아한다.

이메일 : kkim40@nate.com

지혜사랑 소설선

프러시안 블루

발   행 • 2018년 11월 15일
지 은 이 • 김대갑
펴 낸 이 • 반송림
편집디자인 • 김지호
표지디자인 • SongRim
펴 낸 곳 • 도서출판 지혜 · 계간시전문지 애지
기획위원 • 반경환 이형권 황정산
주   소 • 34624 대전광역시 동구 선화로 203-1. 2층 도서출판 지혜 (삼성동)
전   화 • 042-625-1140
팩   스 • 042-627-1140
전자우편 • ejisarang@hanmail.net
애지카페 • cafe.daum.net/ejiliterature

ISBN : 979-11-5728-306-4 03810
값 12,000원